www.tredition.de

AF217602

www.tredition.de

© 2016 Peter R. Lehman

Verlag: tredition GmbH, Hamburg

ISBN
Paperback: 978-3-7345-2017-4
Hardcover: 978-3-7345-2018-1
e-Book: 978-3-7345-2019-8

Printed in Germany

Peter R. Lehman

# Einen wie dich könnte ich lieben

# PROLOG

*Die aparte französische Architektin Christine Rousseau sieht ihre Chance endlich gekommen, sich an dem Scheidungsanwalt Alexandre de Rochefort zu rächen. Sie glaubt, dass er den Tod ihres Stiefvaters, bei dem sie aufgewachsen ist, verschuldet hat. Alexandres Auftrag, für ihn eine imposante Villa zu entwerfen, gibt ihr die Gelegenheit, diesen attraktiven Mann zu umgarnen. Schon bald scheint sie am Ziel angelangt zu sein: Er bittet sie, seine Frau zu werden. Genau das war Christines Plan: Hochzeit, Scheidung und auf eine riesige Abfindung klagen, damit Alexandre, genau wie ihr Stiefvater, finanziell ruiniert ist. Doch bei ihrem Vorhaben unterläuft ihr ein entscheidender Fehler. Sie verliebt sich unsterblich in ihren Mann - jede Nacht wird zu einem Sturm der Leidenschaft. Trotzdem verliert sie ihren eigentlichen Plan keineswegs aus den Augen: Als sie überraschend vorzeitig von einer Reise heimkehrt, verlässt Alexandre gerade mit einer anderen im Arm ihr Haus. Obwohl Christine fast das Herz zerbricht handelt sie sofort...*

# 1. KAPITEL

Als Christine Rousseau beim Scheidungsprozess ihres Stiefvaters, den Richterspruch über die Abfindung für seine Exfrau hörte, traute sie ihren Ohren nicht. Evelyne wurde eindeutig bevorzugt. Christine musste sich zwingen, nicht aufzuspringen und dagegen zu protestieren.

Sie beugte sich vor und sah, wie die frisch geschiedene Madame de Tourcy ihren Anwalt strahlend anlächelte. Dieser verzog keine Miene seines ausdrucksstarken Gesichts. Freilich hätte Alexandre de Rochefort allen Grund gehabt, seine Befriedigung zu zeigen. Wie bei französischen Anwälten üblich, errechnete sich sein Honorar aus dem immensen Streitwert, und er hatte soeben ein Vermögen verdient.

Christine wusste, dass es nicht die monatlichen Unterhaltszahlungen waren, die ihren Stiefvater, manch schlaflose Nacht bereiteten. Arthur de Tourcy war schließlich ein vermögender Mann. Doch damit, dass die Richterin Evelyne auch die Firmenanteile, die Arthur ihr vier Jahre zuvor zur Hochzeit überschrieben hatte, zusprechen würde, hatte er nicht gerechnet. Freunde und Familie hatten ihn seinerzeit eindringlich davor gewarnt, aber er hatte nicht auf sie hören wollen. Entgegen aller Ratschläge heiratete er die dreißig Jahre jüngere Krankenschwester, die ihn nach seinem Herzinfarkt gepflegt hatte. Jetzt bezahlte er den Preis für seine Starrköpfigkeit.

Den Richterspruch hatte er äußerlich unbewegt aufgenommen und auch nicht auf das triumphierende Lächeln seiner geschiedenen Frau reagiert. Doch als Alexandre de Rochefort im Gerichtssaal auf ihn zukam verhärteten sich seine Züge. Die ausgestreckte Hand des jüngeren Mannes ignorierte er.

Der Anwalt schien die Abfuhr nicht zu bemerken. „Ich hoffe, Sie nehmen die Sache nicht persönlich, Monsieur de Tourcy. Schließlich ist es meine Pflicht, im Sinne meiner Mandanten zu handeln."

Und zwar ohne Rücksicht auf andere, dachte Christine grimmig. Alexandre de Rochefort war ihr schon unsympathisch gewesen, noch bevor sie ihn zum ersten Mal im Gerichtsaal erlebt hatte. Obwohl er erst Mitte Dreißig war, hatten ihn seine Erfolge überall in Frankreich berühmt gemacht. Da er auch während seiner Freizeit gern im Mittelpunkt des öffentlichen Interesses stand, war er schnell zum Liebling der Medien geworden. Es gab keine exklusive Veranstaltung, an der er nicht teilnahm, stets in Begleitung aufregend schöner Frauen.

Wenngleich Christine wenig von seinen menschlichen Qualitäten hielt, musste sie zugeben, dass er in seinem Beruf brillant war und, wie die meisten Staranwälte, ein ausgezeichneter Schauspieler. Er setzte seine äußeren Vorzüge, ebenso wie seine Überzeugungskraft und seinen messerscharfen Verstand geschickt ein, um die Richter für sich zu gewinnen.

Christine drängte sich rasch an den vielen Reportern, die Evelyne umlagerten, vorbei und erreichte fast gleichzeitig mit ihrem Stiefvater den Ausgang.

Arthur de Tourcy legte dankbar die Hand auf ihre Schulter. „Es war lieb von dir zu kommen." Er klang erschöpft. „Ich weiß doch, wie viel du zu tun hast."

„Für dich würde ich jede Arbeit liegenlassen. Ich wünschte nur, ich hätte dir mehr geben können als nur moralische Unterstützung. Dieser Rochefort ist ein eiskaltes Ungeheuer."

„Aber eines, das gewinnt. Und darauf kommt es an."

„Du gehst natürlich in die Berufung. Wenigstens die Firmenanteile muss man dir zurückgeben."

Arthur de Tourcy schüttelte den Kopf. „Davon verspreche ich mir wenig. Du hast ja gesehen, wie harmlos und unschuldig Evelyne wirkt. Ich werde versuchen, ihr die Anteile zu einem fairen Preis abzukaufen."

Christine wusste, worum es ging. Solange sie zurückdenken konnte, hatte *Amco-International* versucht, die Kontrolle über die Firma ihres Stiefvaters zu erlangen. Wenn Evelyne die Anteile an *Amco* verkaufte, müsste Arthur zusehen, wie sein Lebenswerk an die Konkurrenz überging.

Vor dem Gerichtsgebäude blieb Christine stehen. „Jetzt bist du wieder ein freier Mann. Hast du Lust, mit mir zum Mittagessen zu gehen?"

„Abendessen wäre mir lieber. Ich muss zum Büro zurück und dort noch einiges erledigen."

„Dann also heute Abend", sagte Christine, obwohl sie eigentlich schon verabredet war. „Ich lade dich ins *Le Poule au pot* ein."

Philippe Dumont, wollte sie dorthin ausführen. Sie würde ihn jedoch bitten, ihr die Reservierung zu überlassen. Heute konnte sie ihren Stiefvater nicht allein lassen.

„So, so, du gehst also in so ein exklusives Restaurant wie das *Poule au pot* zum Essen. Da musst du ja beachtliche Beziehungen haben, wenn du so kurzfristig einen Tisch bekommst", neckte Arthur sie.

„Das liegt nur an meinem Charme", schwindelte sie. „Also, bis acht."

Schon von weitem sah Christine, dass ein Strafzettel, hinter dem Scheibenwischer ihres Autos steckte. Das war jetzt schon der vierte in dieser Woche, doch in ihrem Beruf war sie auf den Wagen angewiesen und meistens so in Eile, dass sie ihn oft an den unmöglichsten Stellen parkte. Zum Glück war ihr Arbeitgeber großzügig und erstattete in den meisten Fällen die Kosten.

Während sie zurück zum Büro fuhr, dachte sie daran, wie gut sie es schon mit der Stelle beim bekanntesten Architekten von Nizza, Laurent Lefebvre, angetroffen hatte. Nach Abschluss ihres Architekturstudiums vor vier Jahren, hatte sie verschiedene Angebote vorliegen, darunter auch eine sehr gut bezahlte Position bei einer Pariser Firma. Christine hatte sich dafür entschieden, an der Côte d'Azur zu bleiben, um in der Nähe ihres Stiefvaters zu sein. Sie hatte ihren Entschluss bisher noch keinen Tag bereut. Ihre Arbeit war abwechslungsreich und anspruchsvoll, und innerhalb kurzer Zeit hatte sie sich in der Baubranche einen Namen gemacht. Erst vor kurzem hatte einer der Partner von Laurent Lefebvre angedeutet, dass man ihr noch vor Jahresende die Teilhaberschaft anbieten wolle.

Dies alles verdankte Christine Arthur de Tourcy. Ihr leiblicher Vater war tödlich verunglückt, als sie drei Jahre alt war, und hatte ihre Mutter mittellos zurückgelassen. Arthur de Tourcy, ein Witwer, mit heranwachsenden Söhnen, hatte sich in Monique Rousseau verliebt und bald darauf geheiratet. Es war eine glückliche Ehe geworden, doch sie dauerte nur fünf Jahre, weil Monique plötzlich starb.

Arthur de Tourcy liebte Christine als wäre sie sein eigenes Kind, und auch seine beiden Jungen behandelten sie wie ihre kleine Schwester. Es war nur bedauerlich, dass keiner von ihnen die Firma übernehmen wollte. Bernard arbeitete als Chemiker an einem Forschungsinstitut in Paris, und sein jüngerer Bruder Charles leitete eine gut gehende Bildergalerie in Marseille. Vielleicht hatte Arthur Evelyne geheiratet, weil auch gute Freunde eine Familie nicht ersetzen konnten, und er musste sich sehr einsam gefühlt haben, als Christine zur Universität ging.

Christine bog von der Straße ab und fuhr in die Tiefgarage des Lefebvre-Hauses. Ihr Büro lag im zehnten Stock. Ihre Sekretärin, sah neugierig auf, als Christine den Raum betrat.

„Wie ist es denn ausgegangen?"

„Schlimmer hätte es gar nicht kommen können", sagte Christine und berichtete ausführlich, was sich ereignet hatte. Morgen würden die Einzelheiten sowieso in der Zeitung stehen. „Hat jemand für mich angerufen?"

„Ja, ich habe eine Liste auf ihren Schreibtisch gelegt. Sie möchten möglichst bald zurückrufen."

„Das mache ich gleich, aber zuerst verbinden Sie mich bitte mit Philippe Dumont."

Glücklicherweise hatte Philippe Verständnis für ihre Absage.

„Ich finde es richtig, Christine, wenn du heute Abend mit deinem Vater Essen gehst, und wir verschieben unsere Verabredung einfach auf morgen."

Er war wirklich der netteste von ihren Freunden, trotzdem interessierte Christine keine engere Beziehung. Sie hatte gerade erst begonnen, Karriere zu machen, zu oft im Freundeskreis erlebt, dass die Hausarbeit auch bei berufstätigen Paaren meistens an den Frauen hängen blieb. Wenn Kinder kamen, würde sie keine Zeit mehr haben, ihre Pläne zu verwirklichen.

Doch das lag alles noch in weiter Zukunft - sie hatte Philippe schließlich erst vor zwei Monaten kennen gelernt. Sie schob den Gedanken an ihn beiseite und vertiefte sich in die Arbeit.

Als sie schließlich die letzte Mappe mit Entwürfen schloss, bemerkte sie, dass es schon zu spät war, um nach Hause zu fahren und sich für das Abendessen mit Arthur umzuziehen. Zum Glück war das blaue Valentino-Kostüm auch für einen Abend im *Poule au pot* geeignet, und da sie öfter unerwartet zum Essen eingeladen wurde, hatte sie für solche Fälle goldene Ohrringe und einen eleganten Seidenschal in ihrem Schreibtisch aufbewahrt. Sie frischte schnell noch ihr Make-up auf und fuhr zum Restaurant.

Arthur erwartete Christine schon an ihrem reservierten Tisch, und als sie durch das Lokal ging, gab es keinen Mann, der sich nicht nach ihr umdrehte. Das überraschte nicht, denn selbst in einer Stadt wie Nizza, in der es viele schöne Frauen gab, war Christine etwas ganz Besonderes.

Sie war über einssiebzig groß und hatte aschblondes Haar mit hellen Sonnensträhnen. Da sie sich am liebsten im Freien aufhielt, war ihre Haut das ganze Jahr über leicht gebräunt. Ihre Züge waren sanft und gleichmäßig.

Obwohl sich Christine ihrer Ausstrahlung bewusst war, war sie keinesfalls arrogant. Sie hatte einen nicht ganz so großen Busen, eine äußerst schmale Taille, und lange schlanke Beine. Doch ihr war klar, dass der Wert eines Menschen nicht von Äußerlichkeiten abhing.

Arthur stand auf und küsste sie auf die Wange. „Es macht mir Spaß zuzusehen, wie die Männer dich ansehen. Vielleicht denken sie, du bist meine Freundin. Und das würde dem angeschlagenen Selbstwertgefühl eines alten Mannes wie mir nur gut tun."

„Von wegen alt", protestierte Christine, gleichwohl Arthur heute Abend wirklich wie ein Mann im Alter von sechsundsiebzig Jahren aussah. „Ich wäre froh, wenn meine Freunde so viel Energie aufbrächten wie du."

Während des Essens erzählte sie hauptsächlich von ihrer Arbeit, und als sie gegen Mitternacht das Restaurant verließen, hatte keiner von beiden die Scheidung erwähnt.

„Wenn du am Sonntag noch nichts vorhast, könnten wir wieder einmal mit dem Boot hinausfahren", schlug Arthur vor.

„Dazu hätte ich große Lust. Stört es dich, wenn ich einen Freund mitbringe?"

„Natürlich nicht. Ich rufe dich gegen Ende der Woche an."

Die folgenden Tage vergingen wie im Flug, und als am Samstagmorgen das Wetter aufklärte, erinnerte sich Christine wieder an Arthurs Einladung zum Segeln. Im Laufe des Tages versuchte sie immer wieder, ihn anzurufen, bekam aber keine Verbindung. Wahrscheinlich war die Leitung gestört. Deshalb beschloss sie, schnell bei ihm vorbeizufahren.

Es herrschte wenig Verkehr und eine Dreiviertelstunde später hielt sie vor seinem Haus. Sein Bentley stand in der Einfahrt. Arthur war also zu Hause, und Christine war froh, die Fahrt nicht umsonst gemacht zu haben. Sie klingelte, doch niemand öffnete. Durch die große Fensterscheibe im Wohnzimmer konnte sie bis in den Garten sehen, aber auch dort hielt sich Arthur offenbar nicht auf. Beunruhigt ging sie ums Haus herum.

Manchmal vergaß er die Terrassentür abzuschließen. So war es auch heute. Sie betrat das Wohnzimmer. Alles war still.

„Arthur!" rief sie. „Ich bin es, Christine. Wo steckst du denn! Es wird Zeit, dass wir losfahren!"

Sie öffnete die Tür zur Küche. Claude, der ihrem Stiefvater das Haus führte, schien zum Einkaufen gefahren zu sein. Vielleicht war Arthur beim Fernsehen eingeschlafen. Als Christine auf sein Schlafzimmer zuging, konnte sie schon von weitem den Ton des Fernsehgerätes hören.

Sie lächelte. Seit sie sich erinnern konnte, hatte Arthur das Ende jeder Sendung verschlafen. Sie klopfte und drückte die Klinke herunter. Ein Blick auf die verkrampfte Gestalt auf dem Bett genügte ihr, um zu wissen, dass Arthur nicht schlief. Erschrocken stand sie einen Augenblick wie gelähmt da, dann rannte sie zum Telefon um seinen Hausarzt anzurufen. Hoffentlich war er zu Hause!

Erst als sie fieberhaft im Adressbuch nach seiner Nummer suchte, fiel ihr Blick auf das volle Tablettenfläschchen auf dem Teppich vor dem Bett und dem Brief mit ihrem Namen in seiner Hand. Mit zitternder Hand griff sie danach. Offenbar hatte Arthur vorgehabt, sich das Leben zu nehmen, doch der Schlaganfall hatte ihn getroffen, ehe er sein Vorhaben in die Tat umsetzen konnte. Sie begann zu lesen, was er geschrieben hatte:

*Meine geliebte Christine, ich richte diesen Brief an dich, und nicht an die Jungen, nicht weil ich sie weniger lieben würde, sondern weil Du mich besser verstehen wirst. Ich habe die Firma verloren. Evelyne hat heute Morgen ihre Anteile an Amco verkauft, ohne mir auch nur eine Chance zu geben. Ich mache niemanden einen Vorwurf, und Du darfst es auch nicht tun. Alle haben versucht, mich vor Evelyne zu warnen, aber ich habe nicht darauf gehört und deswegen den Preis bezahlt. Leb wohl, mein liebes Kind. Versprich mir, dass Du auf meiner Beerdigung nicht weinen wirst. Ich habe ein schönes Leben gehabt und bis auf die letzten vier Jahre bereue ich nichts.*

Es gab zum Glück keine Beerdigung, denn Arthur überlebte den Schlaganfall. Allerdings hatte die bewegungslose Gestalt, in dem mit Blumen gefüllten Zimmer des privaten Pflegeheims, nicht mehr viel mit dem einstigen Arthur de Tourcy gemeinsam. Auch wenn Christine sich noch so oft sagte, dass Arthur zu seinem eigenen Unglück beigetragen hatte, gab sie Alexandre de Rochefort die Schuld an seinem Zustand. Vor Gericht hatte ihn der Anwalt als lüsternen alten Mann hingestellt, der ein unschuldiges junges Mädchen mit seinem Geld in die Ehe gelockt hatte und dann so eifersüchtig und geizig gewesen war, dass er sie beinahe wie eine Gefangene hielt.

Die Wahrheit sah anders aus. Arthurs so genannter Geiz bestand darin, dass er Evelynes Kreditkarten kündigte, als die monatlichen Abrechnungen horrende Ausmaße erreichten. Es war auch keineswegs Eifersucht gewesen, als er sie in ihr Zimmer einschloss, sondern sie hatte sich so betrunken und unter Drogen gesetzt, dass sie am Steuer ihres Wagens eine Gefahr für sich und andere gewesen wäre.

Trotzdem hatte der Anwalt Arthur als Ungeheuer hingestellt. Das würde Christine ihm nie verzeihen.

Christine saß am Schreibtisch und blätterte in ihrem Terminkalender. Für vier Uhr war ein Monsieur Rochefort eingetragen. Auch jetzt noch, ein halbes Jahr nach dem Zusammenbruch ihres Stiefvaters, verursachte der Name in ihr Unbehagen, obwohl es an der Côte d'Azur wahrscheinlich Hunderte von Rocheforts gab.

Sie legte das Buch beiseite und ließ die letzten Monate noch einmal an sich vorüberziehen. Abgesehen, von der ewigen Sorge um Arthur war es ihr wahrlich nicht schlecht ergangen. Für einen ihrer Entwürfe, ein Haus im Luberon, hatte sie einen

Preis gewonnen, und ein anderes war in einer überregionalen Architekturzeitschrift ausführlich beschrieben worden. Ihre Vorgesetzten waren so beeindruckt gewesen, dass sie ihr eine beachtliche Gehaltserhöhung gaben.

Trotzdem war Christine keineswegs glücklich. Obwohl sie viele Freunde hatte und oft ausging, war sie verbittert und voller Schmerz. Immer wenn sie an Arthur dachte, der in einer eigenen Welt vor sich hindämmerte und sie manchmal nicht einmal mehr erkannte, erinnerte sie sich wieder an die Ereignisse, die seinen schrecklichen Zustand verursacht hatten.

Christine sah auf ihre Uhr. Vielleicht blieb ihr vor der Besprechung mit Monsieur Rochefort noch Zeit, die Unterlagen für einen späteren Besucher durchzuarbeiten. Üblicherweise legte ihr Claire, die notwendigen Papiere rechtzeitig auf den Schreibtisch, aber sie hatte sich heute krank gemeldet. Christine schloss den Aktenschrank im Vorzimmer auf und blätterte den Index durch.

„Ist denn hier niemand?" fragte plötzlich ein Mann hinter ihr. Seinen gereizten Ton nach zu schließen, hatte er schon eine Weile gewartet. Christine fuhr herum. Diese Stimme hätte sie überall wieder erkannt. Alexandre de Rochefort! Sie hatte sich oft gefragt, ob sie ihm noch einmal begegnen würde. Doch jetzt, wo es soweit war, brachte sie zu ihrem Entsetzen kein Wort heraus.

„Stehen Sie doch nicht so tatenlos herum", sagte er ungeduldig.

„Bringen Sie mich lieber zu Monsieur Rousseau."

Monsieur Rousseau! Christine hätte beinahe laut herausgelacht. Sie freute sich schon jetzt auf sein Gesicht, wenn er erfuhr, dass sein Geschäftspartner eine Frau war.

„Wenn Sie Monsieur Rochefort sind", erwiderte sie, „dann haben sie sich um eine halbe Stunde verfrüht. Ihr Termin ist erst um vierzehn Uhr dreißig."

„Ich bin Punkt zwei mit Monsieur Rousseau verabredet", korrigierte er Christine. „Und versuchen Sie nicht, mir einzureden, ich hätte mich geirrt. Sie sind zwar äußerst hübsch, aber ich bevorzuge tüchtige Sekretärinnen."

„Tatsächlich?" Christine  schenkte ihm ein provozierendes Lächeln.

„Und was halten sie von hübschen Architektinnen, Monsieur Rochefort?"

Er sah sie verblüfft an. „Sie sind der Rousseau mit dem ich verabredet bin?"

„Allerdings!"

„Ich bin ganz automatisch davon ausgegangen, dass sich hinter dem Namen Rousseau ein Mann verbirgt. Entschuldigen sie bitte vielmals."

Dir werden noch ganz andere Dinge Leid tun, dachte Christine. Jetzt, wo ich dich so aus heiterem Himmel wieder getroffen habe, werde ich dafür sorgen, dass du einmal einen Löffel deiner eigenen Medizin zu schmecken bekommst.

„Ich habe ein Haus von Ihnen im Architekturmagazin *„Propriétaires de Prestige"* gesehen. Die Raumaufteilung fand ich ungewöhnlich. Deshalb möchte ich, dass Sie ein Haus für mich entwerfen."

Ohne ihre Aufforderung abzuwarten, setzte er sich in einen dunklen Ledersessel vor ihren Schreibtisch. Christine entging nicht, dass er sie unauffällig beobachtete. Ihre Erfahrung sagte ihr, dass sie ihm gefiel.

Trotz ihrer Abneigung gegen Alexandre de Rochefort musste sie zu geben, dass auch sie von seiner Erscheinung beeindruckt war. Er war mindestens einsachtzig groß und hatte die athletische Figur einer griechischen Götterstatue. Das dichte, schwarze Haar trug er modisch kurz und wurde an den Schläfen schon grau. Der Blick seiner dunkelbraunen Augen, unter den geschwungenen Brauen war durchdringend. Er hatte eine kräftige Nase, die ein wenig schief war. Seltsamerweise verstärkte dieser kleine Makel seine männliche Ausstrahlung nur noch mehr. An die langen schmalen Hände, mit denen er oft gestikulierend seine Plädoyers unterstrich, konnte sie sich noch von der Gerichtsverhandlung erinnern.

Christine war froh, dass zumindest der massive, hölzerne Schreibtisch zwischen ihnen stand. Der räumliche Abstand machte es ihr leichter, Distanz zu ihm zu wahren.

„Haben sie schon ein Grundstück?" fragte sie kurz.

„Ja, in Saint Paul de Vence. Es umfasst etwa achttausend Quadratmeter. Das Haus, das jetzt darauf steht, will ich abreißen lassen."

Christine verbarg ihre Überraschung nicht. „Kann man es denn nicht umbauen?"

Er schüttelte missmutig den Kopf. „Wenn wir von Anfang an Kompromisse machen müssen, wird einer von uns am Schluss unzufrieden sein."

„Sie kommen mir sowieso nicht wie ein Mensch vor, der gerne Kompromisse eingeht, Monsieur de Rochefort. Es scheint mir nur als Verschwendung, ein Haus abzureißen, wenn es nicht allzu stark baufällig ist."

„Ich habe das Grundstück gekauft. Das Haus darauf ist unwichtig."

Ebenso wie die Menschen, mit denen du umgehst, sinnierte Christine bitter. Laut aber sagte sie: „Es ist Ihr Geld, Monsieur de Rochefort, aber ich möchte es ungern verschwenden. Ein Umbau ist zwar kostspielig, aber nicht so teuer wie ein neues Haus."

„Sie geben nicht so leicht auf, wie?" meinte er lächelnd. „Am besten sehen Sie sich das Ganze einmal an. Passt es Ihnen morgen?"

„Ich bin bis weit in die nächste Woche hinein ausgebucht", log sie. Sollte er doch warten.

Scheinbar war Alexandre de Rochefort nicht daran gewöhnt, vertröstet zu werden. „Und wie wäre es mit abends oder am Wochenende?"

„Ich halte mich an die Bürozeiten, Monsieur de Rochefort."

Auch das stimmte nicht, aber Christine hatte nicht die Absicht, ihm in irgendeiner Weise entgegenzukommen. Außerdem sagte ihr der Instinkt, dass ihr offensichtlicher Mangel an Begeisterung, sein Interesse an ihrer Mitarbeit nur noch mehr steigern würde. Sie hatte sich nicht in ihm getäuscht.

„Ich wäre Ihnen zutiefst dankbar, wenn sie mir ausnahmsweise doch einen Abend widmen würden", beharrte er. „Dann können wir anschließend zusammen essen und über meine Vorstellungen sprechen."

„Bezüglich der Tapeten und Vorhänge?" erkundigte sie sich eisig.

Er schmunzelte. „Vor allem bezüglich des Essens. Wenn Sie mir eine Küche entwerfen sollen, müssen Sie doch wissen, ob ich Vegetarier, Rohkostfanatiker oder ein konventioneller Esser bin."

„Ich würde darauf tippen, dass sie Salat und rotes Fleisch bevorzugen. Letzteres je blutiger desto besser."

Einen Augenblick schwieg er, dann lachte er herzhaft. „War das Zufall, oder haben Sie Erkundigungen über mich eingezogen?"

„Weder noch. Ich kenne sie nur aus Gerichtsverhandlungen, und da sie dort immer mit Vorliebe auf die Halsschlagader ihrer Kontrahenten zielen, nehme ich an, dass sie vor Blut auch sonst nicht zurückschrecken."

Er war ernst geworden. „Ich mache nur meine Arbeit, Mademoiselle Rousseau, ebenso wie sie."

Christine blätterte in ihrem Terminkalender. „Sagen wir halb acht am Freitag, den 25."

„Morgens oder abends?"

„Morgens."

Er starrte sie an, und Christine merkte, dass seine Augen gar nicht so dunkel waren, wie sie immer geglaubt hatte. Oder erschienen die hellen Pünktchen nur, wenn er verärgert war? Sie würde für viele Gelegenheiten sorgen, das herauszufinden. Seiner Stimme aber war nichts anzumerken.

„Das Passt mir gut." Er zog eine Karte aus der Brusttasche seines maßgeschneiderten Jacketts, schrieb die Adresse darauf und reichte Christine das Papier.

Christine nahm sie, ohne einen Blick darauf zu werfen. Sollte er doch denken, dass sie kein Interesse daran hatte. Sie stand auf und streckte die Hand aus. „Auf Wiedersehen, Monsieur de Rochefort."

Sein Händedruck war kurz und fest. Dann ging er mit langen Schritten hinaus und schloss die Tür sorgfältig hinter sich.

## 2. KAPITEL

Christine hatte schon öfter in Saint Paul de Vence gearbeitet und fand die angegebene Adresse deshalb ohne Schwierigkeiten. Das Haus stand auf einem bewaldeten Hügel. Von dort hatte man eine traumhafte Aussicht auf das befestigte mittelalterliche Städtchen, das eingebettet zwischen bunten Terrassen mit Rebstöcken, Bougainvillen und Mimosen lag. Eine hohe Steinmauer verdeckte das Haus, so dass es von der Landstraße aus nicht einzusehen war.

Alexandre de Rochefort wartete schon auf Christine. Sie war überrascht, ihn neben einem japanischen Kleinwagen stehen zu sehen. Zu seiner eleganten Erscheinung passte der Wagen nicht. Alexandre de Rochefort trug einen maßgeschneiderten Anzug, ein dazu passendes Seidenhemd und Schuhe von Gucci. Manschettenknöpfe, Krawattennadel und Uhr waren aus Gold.

„Sie sind sehr pünktlich", begrüßte er Christine. „Darin unterscheiden Sie sich wohltuend von anderen Frauen."

„Offenbar verkehren Sie mit den falschen", bemerkte sie.

Sein Lächeln verschwand. „Sind sie immer so bissig, Mademoiselle Rousseau, oder habe ich etwas an mir, das ihren Unmut erregt?"

Ein Punkt für mich, dachte Christine triumphierend. Es war gut zu wissen, dass ihm ihre Meinung nicht gleichgültig war.

„Ich behandle Sie nicht anders als meine anderen Auftraggeber auch, Monsieur de Rochefort!"

„Dann müssen Sie wirklich eine brillante Architektin sein, sonst würde es wohl kaum jemand mit Ihnen aushalten."

„Wenn Ihnen meine Art nicht gefällt, steht es Ihnen frei, jemand anderen zu beauftragen."

„Das werde ich vielleicht auch tun", entgegnete Alexandre gleichmütig. „Zuerst möchte ich aber sehen, ob Ihr Talent ebenso beeindruckend ist, wie Ihr Temperament." Er zog einen

Schlüssel aus der Tasche. „Wie wäre es mit einer Besichtigungstour?"

Gemeinsam gingen sie durch das Haus.

„Wie stellen Sie sich denn ihr zukünftiges Domizil vor?" fragte Christine, als sie und Alexandre vor der Treppe standen, die ins Obergeschoß führte.

Während sie durch die Räume streiften zählte Alexandre seine Wünsche auf: „Ich brauche Platz für eine Gemäldesammlung. Das Schlafzimmer soll vergrößert und daneben ein neues Bad mit Sauna und Whirlpool eingebaut werden. Außerdem möchte ich noch einen eigenen Fitnessraum und einen Squaschcourt haben."

Christine nickte. „Das könnten Sie alles hier im Haus unterbringen. Ich müsste nur einige Zwischenwände einreißen lassen."

„Dann schlage ich vor, Sie fahren ins Büro und machen mir einen Entwurf."

„Wenn ihre Vorstellungskraft ausreicht, kann ich Ihnen schon jetzt beschreiben, wie das Haus aussehen wird, Monsieur de Rochefort."

Er sah sie amüsiert an. „Man hat mir schon vieles vorgeworfen, Mademoiselle Rousseau, aber Mangel an Phantasie war nicht darunter. Schießen Sie schon los."

Präzise, aber ausführlich schilderte Christine ihre Vorschläge. Zu ihrer Überraschung hörte der Mann, der vor Gericht niemanden ausreden ließ, diesmal ganz konzentriert zu. Erst als sie fertig war, ergriff Alexandre das Wort.

„Mein Kompliment. Sie haben genau verstanden, worauf es mir ankommt, Mademoiselle Rousseau."

Sie quittierte das Lob mit einem verkrampften Lächeln. „In etwa zwei Wochen bekommen Sie die ersten Entwürfe. Dann können Sie schwarz auf weiß sehen, wie ich mir den Umbau vorstelle."

„Geht das nicht schon in einer Woche?"

„Ich fürchte nicht. Sie müssen schon warten, bis ich die Zeit habe, mich um ihren Auftrag zu kümmern, Ich habe schließlich noch andere Kunden."

„Offenbar bleibt mir keine andere Wahl", meinte Alexandre. „Hoffentlich sind Sie in ihrer Freizeit nicht so ausgebucht. Am Sonntag ist die Verleihung der goldenen Palme bei den Filmfestspielen in Cannes, und ich würde gern mit Ihnen zusammen hingehen. Haben Sie Lust oder fürchten Sie sich vor meiner Gesellschaft?"

Christine war zu überrascht, um zu antworten. Sie hatte zwar insgeheim damit gerechnet, dass er versuchen würde, sich mit ihr zu verabreden, und sich ihre Absage bereits genüsslich ausgemalt, aber eine Einladung zur Preisverleihung in Cannes hatte sie nicht erwartet. Auch Leute mit Beziehungen mussten die Karten bereits Monate im Voraus bestellen. Trotz ihrer Vorsätze überlegte sie ernsthaft, seine Einladung anzunehmen.

Alexandre de Rochefort schien ihre Gedanken lesen zu können. Belustigt sagte er: „Ich nehme an, Sie zögern nicht wegen der Veranstaltung. Bin ich als Begleiter denn wirklich so unansehnlich, dass ich auf Bestechung zurückgreifen muss?"

„Natürlich nicht. Ich halte normalerweise Geschäfts- und Privatleben auseinander. So erspare ich mir viele Komplikationen", entgegnete sie schlagfertig.

„Sie sagen *normalerweise.* Heißt das, dass auch hin und wieder Ausnahmen möglich sind?"

„Sie sind ziemlich beharrlich, Monsieur de Rochefort", wich Christine aus.

„Weil Sie sehr schön sind, Mademoiselle Rousseau."

„Bei unserem ersten Zusammentreffen stellten Sie fest, Tüchtigkeit wäre Ihnen lieber als Schönheit", erinnerte sie ihn.

„Das bezog sich nur aufs Geschäftliche", schmunzelte Alexandre, um gleich darauf fortzufahren: „Ich habe eingesehen, dass meine Bemerkung damals unpassend war", fuhr Alexandre fort. „Würden Sie meine Entschuldigung dafür annehmen?"

„Sie meinen, Sie haben sich getäuscht?"

„Ich meine, dass Schönheit mit Tüchtigkeit gepaart eine absolut unschlagbare Kombination bildet." Er sah ihr in die Augen.

„Verzeihen Sie mir?"

„Da ich ihre Einladung annehme, bleibt mir ja gar nichts anderes übrig. Wann soll ich fertig sein?"

„Ich hole Sie um fünf Uhr ab."

„So früh schon?"

„Die Gäste werden ausdrücklich um Pünktlichkeit gebeten. Außerdem macht es Spaß, die ganze Prominenz eintreffen zu sehen."

Christines Neugier gewann Oberhand. „Woher haben Sie denn überhaupt die Einladungen bekommen?"

Alexandre lachte. „Das verdanke ich meinen Mandanten in den Chefetagen der Filmindustrie. Vergessen Sie nicht, ich habe in den vergangenen Jahren mindestens ein Dutzend Leinwandgrößen vor Gericht vertreten. Einige sogar mehrmals. Wie heißt es doch so schön? Eine Hand wäscht die andere."

Christine antwortete nicht. Was würde Alexandre wohl sagen, wenn er erfuhr, dass sie Arthur de Tourcys Stieftochter war? Vorausgesetzt, er konnte sich überhaupt erinnern, wer Arthur de Tourcy war. Für Alexandre de Rochefort war Arthur einer von vielen alternden Männern, die eine viel jüngere Frau geheiratet hatten und dann für das kurzlebige Vergnügen bezahlen mussten.

„Haben Sie ein schlechtes Gewissen, wenn ein Fall abgeschlossen ist?" fragte sie interessiert.

Die Frage schien ihn zu überraschen. „Warum sollte ich?"

„Weil Sie so viel Unglück verursachen. Wäre es nicht befriedigender, Ehen zu retten, anstatt sie endgültig zu zerstören?"

„Ich bin Anwalt, kein Eheberater." Alexandre sah sie verwundert an. „Sie waren wohl bei einer meiner Verhandlungen dabei?"

Christine ging nicht darauf ein. „Die Methoden, mit denen Sie die Ehemänner ihrer Mandantinnen in die Ecke treiben, halte ich für mehr als fragwürdig."

Alexandre de Rochefort war ernst geworden. „Mir geht es vor Gericht nicht darum, irgendjemanden zu schaden, sondern für die Menschen, die sich mir anvertraut haben, das Bestmögliche herauszuholen. Dazu ist es notwendig, der Wahrheit auf den Grund zu gehen. Ich halte absolut nichts davon, unangenehme Dinge zu verschweigen."

„Für Offenheit bin ich auch", lenkte Christine ein. „Wenn Sie mit meiner Arbeit nicht zufrieden sein sollten, wäre es mir lieber, Sie teilen es mir persönlich mit."

„Ich werde daran denken. Denn einen Streit mit Ihnen möchte ich nur ungern riskieren."

„Das ist sehr klug von Ihnen, ich kann nämlich sehr unangenehm werden. Es ist also ratsam, mir immer reinen Wein einzuschenken." Und lachend fügte sie hinzu: „Ich arbeite mit vier Männern zusammen und bin nicht daran gewöhnt, mit Samthandschuhen angefasst zu werden."

Alexandre betrachtete sie nachdenklich. „Wenn Sie lachen, sehen Sie wie ein kleines Mädchen aus."

„Ein Kind von sechsundzwanzig Jahren", stellte Christine trocken fest. „Und das in einer Stadt, in der man mit zweiundzwanzig schon zum alten Eisen zählt."

„Sie werden sogar mit siebzig noch hinreißend sein", widersprach er nonchalant. „Ihre Schönheit ist nicht vergänglich." Christine wurde verlegen. „Ich kann mir nur nicht erklären, warum Sie noch nicht verheiratet sind", fuhr Alexandre fort. „Oder sind Sie geschieden?"

„Nein. Ich habe den Richtigen nur noch nicht getroffen."

„Sie sind also nicht ausschließlich an ihrer Karriere interessiert?"

„Nicht ausschließlich. Ich möchte eine Familie haben und wäre bereit, dafür einige Jahre mit der Arbeit auszusetzen."

„Das überrascht mich nun wirklich. Bei ihrem Verdienst wäre das doch ein beträchtliches Opfer."

„Nicht für jeden Menschen bedeutet Geld alles, Monsieur de Rochefort", entgegnete Christine schnippisch.

„Und Sie meinen, ich lege nur Wert auf ein hohes Einkommen?"

„Warum würden Sie sonst astronomisch hohe Unterhaltszahlungen für Frauen verlangen, die sie nicht verdienen? Die meisten heiraten doch nur, um sich bei einer Scheidung finanziell zu verbessern."

Alexandre zuckte mit den Schultern. „Wenn ein Mann zu dumm ist, eine Frau zu durchschauen, die es nur auf sein Geld abgesehen hat, geschieht es ihm doch nur recht."

„Haben Sie vor, jemals zu heiraten?" fragte Christine sanft.

Er verzog den Mund. Offenbar hörte er diese Frage nicht zum ersten Mal. „Nein, ich würde meinen Kopf nie in die Schlinge stecken. Außerdem, warum soll ich für etwas bezahlen, das ich auch umsonst bekommen kann."

Christine nickte, als habe sie volles Verständnis für seine Lage. „Außerdem werden Ehefrauen auch einmal alt", setzte sie hinzu.

„Wie ich sehe, haben Sie sich ein Bild von mir gemacht."

Und ob, dachte Christine zornig. Laut sagte sie: „Dann können Sie wenigstens immer noch mit Zwanzigjährigen ausgehen, wenn Sie die Sechzig schon überschritten haben."

Ihr Spott schien Alexandre nicht zu beeindrucken. „Wenigstens wäre ich nicht so dumm, zu heiraten und mich dann von einem meiner cleveren Kollegen bis aufs Hemd ausziehen zu lassen. Ich habe zu hart für das gearbeitet, was ich besitze, nur um es an eine berechnende Frau, die es ausschließlich auf mein Geld abgesehen hat, zu verlieren."

„Sie haben eine ziemlich schlechte Meinung von Frauen?"

„Von der Menschheit an sich", gab er zu. „Ich glaube nicht an die Güte des Menschen."

Christine schwieg. Wie konnte sie ihm auch sagen, dass auch sie seine Ansicht teilte? Sie wollte nicht noch weitere Gemeinsamkeiten bei ihm entdecken. Ihre Abneigung war schon zu tief verwurzelt, als das sie ihre schlechte Meinung über ihn ändern wollte.

Im Übrigen war ihr ein Gedanke gekommen, wie sie ihm eins auswischen konnte. Sie hatte zwar seine Einladung angenommen, aber sie würde in aller letzter Minute absagen. Das würde ihn schön bloßstellen. Alexandre de Rochefort, der Frauenheld der auf keiner Veranstaltung fehlte, würde diesmal allein erscheinen oder zu Hause bleiben müssen.

„Warum lächeln Sie denn so?" erkundigte er sich.

Rasch versuchte sie, möglichst unbeteiligt zu wirken. Diesem Mann entging scheinbar nichts. Wenn sie nicht aufpasste, würde er sie bald durchschauen.

„Ich habe mir nur gerade überlegt, was ich am Sonntagabend anziehen soll", antwortete Christine ausweichend.

„Sie werden hinreißend aussehen, ganz gleich, was Sie tragen", sagte Alexandre überzeugt. „Mir würden Sie am besten ganz ohne Kleidung gefallen."

„Sprechen Sie immer das aus, was Sie gerade denken?"

„Aber das ist es ja. Die Frauen erwarten es."

„Ich nicht. Oder kreisen ihre Gedanken allein um Sex?"

Alexandre holte hörbar Atem, und Christine wusste, dass er ihre unverblümte Art gleichzeitig ungewöhnlich und herausfordernd fand.

„Ich versuche, es nicht so weit kommen zu lassen", antwortete Alexander. „Andererseits sind Sie eine äußerst ungewöhnliche Frau."

Sie lächelte. „Sehen Sie, Monsieur de Rochefort, solche Komplimente sind mir viel lieber."

„Könnten Sie sich vielleicht revanchieren?"

„Wenn Sie mir einen Anlass dazu geben."

Alexandre lachte und hielt ihr die Wagentür auf. „Ich hole Sie Punkt fünf Uhr ab. Am besten essen Sie vorher eine Kleinigkeit. Sie wissen ja, dass die Preisverleihung Stunden dauert." Christine nickte nur und ließ den Motor an, bevor er noch etwas sagen konnte.

Jedes Mal, wenn sich Christine im Laufe der nächsten Tage Alexandre de Rocheforts Wut über ihre Absage im letzten Augenblick ausmalte, verspürte sie ein nervöses Kribbeln in der Magengegend.

Wie lange konnte sie den Zeitpunkt der Absage aufschieben? Wenn Alexandre sie um fünf abholen wollte, musste er um halb fünf losfahren. Also würde sie ihn fünf Minuten vor halb anrufen. Oder würde er sich in seinem Büro umziehen? Wahrscheinlich nicht, denn soweit sie sich erinnern konnte, hatte er seine Wohnung im selben Haus. Hätte sie doch nur ein Telefon mit Bildschirm, um sein Gesicht zu sehen, wenn sie ihm den Korb gab.

Am Sonntag beschäftigte sich Christine die ganze Zeit über mit den Plänen für die Strandvilla eines Kunden in Saint Tropez und als sie schließlich die Arbeit an den Plänen beendet hatte, war es halb vier. Sie war so nervös, dass sie alle zwei Minute auf die Uhr sah. Auf keinem Fall durfte sie ihm so früh absagen, dass er für sie noch Ersatz finden konnte.

Genau um zwanzig nach vier schlug sie das Telefonbuch auf, um seine Privatnummer herauszusuchen, aber sie war nicht eingetragen. Schnell wählte sie die Nummer seiner Kanzlei.

„Maître de Rochefort ist bereits außer Haus", teilte ihr die Telefonistin mit, „und seine Privatnummer dürfen wir grundsätzlich nicht herausgeben."

„Aber ich muss ihn unbedingt sprechen. Ich bin nämlich heute mit ihm verabredet. Mein Name ist Christine Rousseau. Ich bin seine Architektin."

Sie wurde mit Alexandres Privatsekretärin verbunden. Es war jetzt bereits halb fünf, und Christine überschlug sich fast, als sie ihre Geschichte wiederholte. Wenn es noch länger dauerte, würde er bereits fort sein, ehe sie ihm absagen konnte.

„Er wollte vor fünf Minuten abfahren, aber ich versuche sie durchzustellen."

Christine hielt den Hörer fest umklammert, während sie hörte, wie das Telefon am anderen Ende unablässig läutete. Sie wollte schon auflegen, als er sich plötzlich meldete.

„Rochefort."

„Hier ist Christine Rousseau." Sie bemühte sich, kläglich zu klingen. „Es tut mir wahnsinnig leid, dass ich mich erst jetzt melde, aber ich habe entsetzliche Kopfschmerzen. Ich fürchte, ich kann nicht mitgehen."

„Wie bitte?"

Wie gut, dass er ihr schadenfrohes Gesicht nicht sehen konnte, als sie die Worte wiederholte. „Ich weiß, dass es schon sehr spät ist", bedauerte Christine, „aber ich habe die ganze Zeit gehofft, es würde besser werden. Stattdessen fühle ich mich von Minute zu Minute elender."

„Haben Sie etwas gegen die Schmerzen eingenommen?" fragte Alexandre kurz.

„Der Arzt hat mir Tabletten verschrieben, aber sie haben nicht geholfen. Am besten ziehe ich die Vorhänge zu und lege ich mich gleich ins Bett. Morgen geht es mir bestimmt wieder besser. Bitte entschuldigen Sie, Monsieur de Rochefort."

Christine legte den Hörer auf, und begann vor Freude durchs Zimmer zu tanzen.

„Das soll dir eine Lehre sein, Alexandre de Rochefort", sagte sie laut und ging in die Küche, um sich einen Kaffee zu kochen. Einige Momente später stand Christine mit der Tasse in der Hand am Fenster und sah hinunter auf die Liegewiese mit Swimmingpool, auf der sich einige Hausbewohner sonnten. Meistens war sie zu beschäftigt, um die Annehmlichkeiten des Schwimmbads auszunutzen, denn selbst am Wochenende brachte sie häufig Akten mit nach Hause oder fuhr auf Baustellen herum.

Die Sonne stand noch ziemlich hoch. Wenn Christine schon ausnahmsweise einmal früh nach Hause kam, wollte sie die Zeit auch nutzen. Kurz entschlossen holte sie ihren Bikini aus der Kommode und zog sich um. Dann nahm sie ein Buch, das sie schon längst lesen wollte, setzte ihre Sonnenbrille auf und ging hinunter zum Swimmingpool.

„Das ist aber nett, sie hier zu sehen", begrüßte sie eine ältere Nachbarin, die im Schatten unter einer Palme saß. „Sie sind sonst immer so beschäftigt."

Christine verteilte Sonnenmilch auf ihren Körper und streckte sich auf eine der Liegen aus.

„Ihre Kopfschmerzen sollen wohl noch schlimmer werden?" fragte plötzlich jemand über ihr. Erschrocken fuhr Christine hoch. Direkt vor ihr stand Alexandre de Rochefort und sah vorwurfsvoll auf sie hinunter.

Er trug eine weiße Smokingjacke, die sehr gut zu seiner gebräunten Haut und dem schwarzen Haar aussah. Eine widerspenstige Haarsträhne fiel ihm in die Stirn.

Er packte Christine am Arm und zog sie hoch. „Ich hätte mir denken können, dass Sie so etwas im Schilde führen, als Sie meine Einladung annahmen. Sie hatten nie die Absicht, mich zu begleiten, nicht wahr?"

„Ich habe Kopfweh", protestierte Christine.

„Und ich bin schwanger", sagte Alexandre ironisch und zog sie einfach mit sich fort."

„Wohin zerren Sie mich denn?"

„In Ihre Wohnung. Sie haben genau zehn Minuten Zeit, sich anzuziehen, also beeilen Sie sich."

„Ich denke nicht daran!"

„Dann werde ich es für Sie tun." Alexandre nahm Christine einfach den Schlüssel aus der Hand und öffnete die Tür.

„Ziehen Sie sich an", wiederholte er und schob sie in die Wohnung. „Und versuchen Sie ja keine weiteren Tricks. Ich bin dafür heute nicht in Stimmung."

Das glaubte sie ihm aufs Wort. Noch nie hatte sie einen Mann so wütend gesehen. Christine wusste, wann es klüger war, sich geschlagen zu geben. Obwohl sie sehr aufgebracht war, bewunderte sie doch seinen Scharfsinn, mit dem er ihr Manöver durchschaut hatte. Nun gut, diese Runde ging an Alexandre de Rochefort, aber sie würde alles daransetzen, die nächsten zu gewinnen.

„Sie haben noch fünf Minuten", rief er von draußen und pochte an die Tür. Eilig schlüpfte sie in ein trägerloses rotes

Abendkleid, zog hochhackige goldene Sandaletten an und legte Ohrringe an.

Für Make-up blieb keine Zeit mehr, aber die Aufregung hatte ihre Wangen natürlich gerötet, und ihre Augen funkelten. Doch Alexandre de Rochefort nahm nicht einmal Notiz von ihrer Erscheinung. Kaum öffnete Christine die Tür, ergriff er schon ihren Arm und zog sie mit sich zum Auto.

Diesmal war es kein japanischer Kleinwagen, sondern ein stahlgrauer Rolls-Royce mit einem Chauffeur in Uniform. Als sich die Tür hinter Christine schloss stieg Panik in ihr auf. Alexandre de Rochefort würde also nicht vom Verkehr abgelenkt werden, sondern konnte sich voll und ganz auf sie konzentrieren. Zum Glück entdeckte sie einen Spiegel im Dachhimmel, und begann sich, so gut es ging zu frisieren.

„Lassen Sie das", wies er sie zurecht, „Ihr Haar ist vollkommen in Ordnung."

„Wie reizend von Ihnen, Monsieur de Rochefort."

„Nennen Sie mich bitte Alexandre. Ein Mann, der sich so über Sie geärgert hat wie ich, verdient, beim Vornamen genannt zu werden."

Christine entspannte sich ein wenig.

„Verraten Sie mir mal", fuhr er im Plauderton fort, „was habe ich eigentlich verbrochen, dass Sie so mit mir umspringen? Ich weiß, dass ich Ihnen von Anfang an unsympathisch war, aber ich kann mir nicht erklären, warum?"

Einen Moment war Christine versucht, es ihm zu gestehen, aber dann entschied sie sich dagegen. Christine zuckte mit den Schultern. „Sie sind eben nicht mein Typ", erklärte sie. „Und ich habe nicht die Absicht, eine von Ihren vielen Eroberungen zu werden.

„Ich habe doch noch gar nichts unternommen."

„Das werden Sie aber, oder nicht?"

„Wahrscheinlich", antwortete er trocken. „Im Augenblick würde ich Ihnen allerdings lieber den Hals umdrehen, als Sie in mein Bett zu locken."

Die Selbstverständlichkeit, mit der er das aussprach, ärgerte Christine, aber als sie das belustigte Funkeln in Alexandres Augen bemerkte, wusste sie, dass er sie nur provozieren wollte.

„Sie tun sich selbst unrecht", fuhr Alexandre fort. „Ich habe Sie eingeladen, weil Sie nicht nur schön, sondern auch eine interessante Gesprächspartnerin sind. Schöne Mädchen gibt es hier zu Hunderten, und wenn ich nur eine schnelle

Eroberung machen wollte, würde ich nicht ausgerechnet Ihnen den Hof machen."

„Sie machen mir den Hof?" fragte sie überrascht.

„Glauben Sie wirklich, ich hätte sonst eine Woche gewartet, bis Sie sich endlich mein Haus ansehen? Normalerweise erreiche ich immer sehr schnell, was ich will?"

„Meinen Sie damit geschäftliche oder persönliche Belange?"

„Beides."

„Und Sie sind bereit, meinetwegen eine Ausnahme zu machen, weil Sie meinen Verstand bewundern?"

„Ihren Verstand und ihre spitze Zunge. Wenn Sie es genau wissen wollen - Sie langweilen mich nicht. Allein deshalb sind Sie Gold wert."

Als deine Ehefrau wäre ich das auch, dachte Christine. Dann würde ich einen Staranwalt von deinem Kaliber engagieren, der mich bei der Scheidung vertritt und zur reichen Frau macht. Sie sah rasch aus dem Fenster, damit Alexandre nicht erriet, was in ihr vorging.

Warum eigentlich nicht? Es würde Alexandre de Rochefort nur recht geschehen, wenn ihm einmal jemand mit gleicher Münze zurückzahlte.

Er unterbrach ihre Gedanken. „Wir sind da." Christine bemühte sich, möglichst unbeteiligt auszusehen, als sie an seiner Seite den Saal betrat.

Auf dem Weg zu ihren Plätzen wurde Alexandre immer wieder von Leuten angehalten, deren Gesichter Christine von Film und Fernsehen vertraut waren.

Die Preisverleihung war zwar spannend, aber sehr lang, und als sie endlich vorüber war, brauchte Christine keine Kopfschmerzen mehr vorzutäuschen. Beim Aufstehen wurde ihr sogar schwindelig, und sie musste sich an Alexandres Arm festhalten.

„Jetzt spiele ich wirklich nicht Theater", sagte sie kläglich. „Ich habe das Gefühl, mein Kopf zerspringt gleich."

„Was haben Sie denn heute gegessen und getrunken", erkundigte sich Alexandre besorgt.

„Ehrlich gesagt, nur ein Croissant und mehrere Tassen Kaffee."

„Sie sind wirklich unvernünftig", schimpfte er, aber sein fester Griff war behutsam, als er sie hinausführte. „Schaffen Sie es noch etwa fünfhundert Meter zu gehen? Ich habe Frédéric, meinen Chauffeur, gebeten, uns einige Straßen weiter abzuholen, weil wir sonst nie aus dem Gewühl hinauskämen."

Christine nickte, aber trotzdem schien es eine Ewigkeit zu dauern, bis sie sich in die Polster des Wagens sinken lassen konnte. Dankbar schloss sie die Augen  Plötzlich spürte sie, wie Alexandre ihr ein Glas in die Hand drückte.

„Es ist das beste Mittel gegen Kopfschmerzen. Und dann essen Sie bitte etwas." Alexander gab ihr einen Cracker mit Käse. „Ich habe immer eine Notration im Auto", erklärte er. „Falls ich einmal nicht dazu komme, etwas zu essen."

Gehorsam trank Christine das Glas in einem Zug leer.

„Auch in ihrem Toyota?"

„In allen meinen Autos", antwortete er. „Und in jedem Schlafzimmer habe ich ein Mädchen. Man muss schließlich auf alles vorbereitet sein, finden Sie nicht?"

Ein Grübchen erschien auf Christines Wange, als sie lächelnd sagte: „Unbedingt." Dann fiel ihr der Plan wieder ein. Wenn sie es richtig anfing, würde es nur eine Frau in seinem Schlafzimmer geben – nämlich sie. Mit einem Ehering am Finger.

## 3. KAPITEL

Christine wusste, dass es ihr nur mit einer List gelingen würde, Alexandre de Rochefort zu einer Heirat zu

bewegen, denn er war ein Ausgefuchster Junggeselle, der
den Fallen heiratswilliger Frauen seit Jahren geschickt aus
dem Weg ging.

Insgeheim gestand Christine sich ein, dass sie sich
wahrscheinlich in Alexandre verliebt hätte, wenn sie ihm
unter anderen Umständen begegnet wäre. Alexandre sah
gut aus, war klug und ein amüsanter Gesprächspartner.
Diese Eigenschaften gefielen Christine sehr, doch sie schob
den Gedanken daran schnell zur Seite, und konzentrierte
sich wieder auf ihren Plan.

Wie sollte Christine es anfangen? Alexandre hatte
nachdrücklich erklärt, dass er niemals heiraten würde.
Wenn sie behauptete, ebenfalls nichts von der Ehe zu
halten, würde er ihr Spiel sehr schnell durchschauen. Am
besten nahm sie ihm den Wind aus den Segeln, indem sie
genau das Gegenteil tat. Sie würde ihm sagen, dass sie sich
eine Liebesbeziehung nur innerhalb einer Ehe vorstellen
könnte. Da Alexandre in diesem Punkt eine andere
Auffassung hatte, würde sie sich nur unter einer
Voraussetzung mit ihm treffen: Ihre Freundschaft müsste
rein platonisch sein.

„Platonisch?" wiederholte Alexandre verständnislos, als Christine ihm ihren Entschluss wenige Tage später beim gemeinsamen Abendessen mitteilte.

„Warum denn nicht? Es kommt sicher oft vor, dass Sie nicht das Bedürfnis haben, mit einer Frau ins Bett zu gehen, sondern nur reden wollen."

„So oft nun auch wieder nicht."

„Sie wissen genau, was ich meine."

„Und ob. Doch selbst wenn ich Ihrem Vorschlag zustimmen würde, wie wollen Sie sicher sein, dass ich nicht trotzdem versuchen werde, sie zu verführen? Sie sind nun einmal sehr begehrenswert."

„Ich werde Ihnen schon entkommen."

Lächelnd lehnte sich Alexandre zurück. Er war einige Tage verreist gewesen und hatte Christine nach seiner Rückkehr sofort angerufen. Zu seiner Überraschung hatte Christine die Einladung zum Essen gleich angenommen. Jetzt wusste er natürlich, warum. „Nur eins verstehe ich nicht", sagte Alexandre langsam. „Es gab in der Vergangenheit doch sicher viele Männer, die Sie heiraten wollten."

„Das stimmt. Ich wollte jedoch erst heiraten, wenn ich einen guten Ruf als Architektin besaß."

„Und jetzt halten Sie die Zeit für gekommen, an die Ehe zu denken?"

„Ja, aber erst, wenn ich dem Richtigen begegnet bin. Bis dahin fände ich es äußerst angenehm, hin und wieder einen Gutaussehenden und interessanten Begleiter zu haben."

„Und ich hätte gern eine aufregende Begleiterin."

„Bei mir hätten Sie den Vorteil, dass ich nicht der Absicht nachjage, Sie zu heiraten. Ich akzeptiere Ihren Entschluss, Junggeselle zu bleiben."

„Irgendwo muss an dieser Einstellung ein Haken sein." Alexandre sah sie misstrauisch an.

„Nicht, wenn wir uns an die Spielregeln halten und uns nur verabreden, wenn wir nichts Besonderes vorhaben", versprach Christine.

„Ich kann mir gar nichts Besseres vorstellen, als mit Ihnen zusammenzusein. Wenn Sie nicht so auf die Ehe versessen wären, könnten wir beide viel Spaß miteinander haben."

„Wenn Sie so weitermachen, werden wir uns überhaupt nicht mehr sehen." Christine nahm gespielt empört ihre Handtasche und wollte aufstehen.

„Nicht", rief Alexandre schnell und legte ihr die Hand auf den Arm. „Ich verspreche, dass ich Ihre Regeln respektieren werde."

Christine nickte, aber insgeheim war sie überzeugt, dass er log.

Es überraschte sie deshalb, dass sich Alexandre während der nächsten zwei Wochen an die Abmachung hielt, doch dann begann er beharrlich, um sie zu werben. Wahrscheinlich wäre sie seinem Charme erlegen, hätte sie nicht täglich Arthur im Pflegeheim besucht, wo er in tiefem Koma lag.

Aber Alexandre war mitnichten dumm. Als er merkte, dass ihn diese Methode nicht weiterbrachte, verwandelte er sich wieder in den platonischen Freund. Er gab ihr zum Abschied höchstens einen Kuss auf die Wange und nahm ihre häufigen Absagen ohne großes Murren hin.

Christine wusste, dass Alexandre eine Hinhaltetaktik betrieb, und beschloss, ihm noch einige Wochen Zeit zu lassen. Wenn er ihr bis dahin nicht ins Netz gegangen war, würde sie ihren Plan fallenlassen müssen.

Schon jetzt dachte Christine manchmal daran, aufzugeben, weil sie sich in Gedanken viel zu sehr mit Alexandre beschäftigte. An den Abenden, die sie nicht zusammen verbrachten, fragte sie sich, was er wohl machte und mit wem. Dabei ging auch sie häufig mit anderen Männern aus, aber es brachte ihr keinen Spaß. Dreimal hatte sie Philippe

Dumont schon einen Korb gegeben, weil sie insgeheim hoffte, Alexandre würde anrufen, und dann musste sie den Abend allein verbringen.

Dafür hatte Christine Alexandre diese Woche schon dreimal gesehen, und sie fragte sich, ob sein Widerstand langsam dahinschmolz. Den Beweis würde sie erst bekommen, wenn sie die Probe aufs Exempel machte.

Christine und Alexandre saßen in ihrem Lieblingsrestaurant in Saint Raphaël, als Christine den Moment für gekommen hielt. Obwohl sie großen Hunger hatte, ließ sie einen Großteil der bestellten Gerichte unberührt zurückgehen.

„Stimmt etwas nicht?" fragte Alexandre besorgt.

„Ich fürchte, ja. Sehen Sie... ich... ich glaube, es wäre besser, wenn wir uns nicht mehr sehen würden. Das muss jetzt schon das achte Mal sein, und..."

„Das zwölfte Mal", stellte Alexandre richtig. „Aber darauf kommt es jetzt nicht an. Warum sollten wir uns nicht mehr treffen?"

„Weil ich kaum noch Zeit für andere Freunde habe. Kurz, nachdem ich Ihnen für heute Abend zugesagt habe, rief Cedric an, und ich musste ihn vertrösten. Er war ziemlich sauer."

„Na und?"

„Er möchte mich heiraten. Cedric ist auch Architekt."

„Sie könnten eine eigene Firma gründen", spottete Alexandre, doch sein Ton verriet, dass ihm nicht nach Spott zumute war. Christine verspürte ein kleines Triumphgefühl.

„Daran hatte ich auch schon gedacht", log sie, „aber das Problem ist, dass ich ihn nicht liebe."

„Ach so, Sie wollen Liebe und Ehe miteinander verbinden. Finden Sie das nicht ein wenig unverschämt?" fragte Alexandre ironisch.

„Ziehen Sie mich nicht auf", schmollte Christine. „Ich bin völlig durcheinander, und das ist alles nur Ihre Schuld."

„Wieso denn das?"

„Seit ich Sie kenne, ist mir klar geworden, was für ein Langweiler Cedric ist. Sie üben also einen schlechten Einfluss auf mich aus."

„Und Sie auf mich", entgegnete er ernst.

Christine erschrak. Würde Alexandre etwa ihrem Vorschlag zustimmen, sich nicht mehr mit ihr zu treffen?

„Ich bin gern mit Ihnen zusammen", begann Alexandre von neuem. „Immer öfter stelle ich fest, dass ich lieber mit Ihnen rede, als mit irgendeiner Frau ins Bett zu gehen, die zwar schön, aber dumm ist."

„Soso", sagte Christine unbeschwert. „Vielleicht ändern Sie eines Tages sogar ihre Ansichten über die Ehe."

„Da müssten Weihnachten und Ostern schon zusammenfallen. Christine, so kann es nicht weitergehen. Ich begehre dich so sehr, dass ich immer an dich denken muss." Überrascht von seinen Gefühlen, war Alexandre wie selbstverständlich zum vertraulichen *Du* übergegangen. „Ich lege meine Karten auf den Tisch, damit du mir nicht vorwerfen kannst, ich hätte falsch gespielt. Aber diese so genannte platonische Beziehung verursacht mir zu viele schlaflose Nächte. Sogar bei der Arbeit fällt es mir schwer, mich zu konzentrieren, und so etwas ist mir noch nie passiert. Wenn du mit mir ins Bett gehen würdest, könnte ich diese Besessenheit endlich loswerden."

Christine kochte vor Wut, ließ sich aber nichts anmerken. „Und wie lange würde das dauern?" erkundigte sie sich. „Eine Woche, einen Monat?"

„An Zeiträume habe ich dabei überhaupt nicht gedacht", sagte Alexandre. „Ich weiß nur, dass ich keine Ruhe haben werde, ehe du in meinen Armen liegst."

„Ich wünsche mir nichts mehr als das", flüsterte Christine. Dann holte sie tief Luft, und sah ihn triumphierend an. „Ich wollte dir gar nicht sagen, was ich für dich empfinde, aber dieses Versteckspiel ist so kindisch. Alexandre, du sollst wissen, dass ich mich in dich verliebt habe."

Er strahlte übers ganze Gesicht. „Worauf warten wir dann noch?" fragte Alexandre. „Die Liebe kann wunderbar sein, mein Schatz, ich werde es dir zeigen."

„Wie kannst du das, wenn du noch nie geliebt hast?"

„Aber ich ..."

„Das, was du meinst, ist doch nur Leidenschaft", erklärte Christine unschuldig. „Deswegen kann ich auch nicht zustimmen, so gern ich es möchte. Es würde niemals gut gehen."

„Doch, das würde es", beharrte er. „Wir fahren übers Wochenende irgendwohin, und ich werde es dir beweisen."

„Nein."

„Aber du hast doch gerade gesagt, dass du mich willst."

„Dazu müssten wir aber heiraten. Du weißt doch, dass ich mich für meinen Mann aufbewahren möchte."

Erst als sie es aussprach, wusste Christine, dass es ihr damit ernst war, und ihr wurde endlich klar, warum sie bisher keine flüchtige Affäre eingegangen war.

„Vergiß doch die Ehe einmal", drängte Alexandre. „Wenn du es nur zulässt, werde ich dich in die Freuden der Liebe einweihen."

„Wenn ich zusagte, würde ich mich nur selbst hassen."
Alexandre schüttelte nur ungläubig den Kopf. „Ich hätte nie gedacht, dass ein modernes Mädchen wie du an solchen Unsinn glaubt. Weißt du was, Christine? Du bist einfach zu anständig, und das ist nicht gut für mich. Also wird es wirklich das Beste sein, wenn wir von nun an getrennte Wege gehen."

Christine schwieg erschrocken.

„Ich kann mir nicht vorstellen, dass du deine Meinung änderst", sprach Alexandre weiter, „und da ich es auf keinen Fall tun werde, sollten wir uns voneinander verabschieden, solange wir noch Freunde sind. Wenn du dich, wie du behauptest, wirklich in mich verliebt hast, wirst du nur darunter leiden, wenn wir uns weiterhin treffen. Und ich will damit auf keinen Fall mein Gewissen belasten."

Welches Gewissen? dachte Christine bitter.

„Wenn du so denkst, Alexandre, dann gibt es nichts mehr zu sagen. Du brauchst mich nicht nach Hause zu bringen. Ich nehme mir ein Taxi."

„Sei nicht so melodramatisch. Zumindest beruflich werden wir weiterhin miteinander zu tun haben. Vergiß nicht, du baust mir ein Haus um."

„Ich werde einen meiner Kollegen bitten, das Projekt zu übernehmen."

„Das kommt überhaupt nicht in Frage. Ich habe Lefebvre den Auftrag unter der Voraussetzung gegeben, dass du ihn ausführst. Ich denke nicht daran, dich von dieser Verpflichtung zu entbinden."

„Du bist ein unnachgiebiger Mensch."

„Das hat man mir schon öfter gesagt."

Ist er auch standhaft genug, sich zukünftig von mir fernzuhalten? fragte sich Christine im Stillen. Vielleicht glaubte er das jetzt zu sein, aber sie hatte in den vergangenen Wochen alles getan, damit er sich zu ihr hingezogen fühlte. Nun würde sich erweisen, wie stark seine Zuneigung zu ihr wirklich war.

Während der Fahrt zurück nach Nizza schwiegen beide. Als Alexandre vor Christines Haus anhielt, bedankte sie sich freundlich für den netten Abend.

„Wie kannst du nur so gelassen sein?" empörte sich Alexandre und schlug mit der Faust aufs Steuerrad. „Ich habe dir eben gesagt, dass ich dich nie mehr treffen werde, und du sitzt trotzdem da und betrachtest mich, als ob ..., als ob ..."

„Als ob ich immer noch in dich verliebt wäre?" beendete Christine den Satz für ihn. „Das stimmt ja auch. Gefühle kann man nicht einfach abschalten."

„Aber du müsstest doch böse auf mich sein."

„Wie kann ich das, wenn du mir in Wirklichkeit leid tust? Du lässt dir soviel Glück entgehen, Alexandre."

„Heb dir dein Mitleid auf für die, die es nötig haben", antwortete Alexandre unwirsch. „Mir ist meine Freiheit lieber."

„Ich weiß."

Christine stieg aus dem Wagen und ging langsam zur Tür. Wenn er gewollt hätte, hätte er sie noch einholen können. Doch sie hörte nicht seine Schritte hinter sich, sondern nur das Aufheulen des Motors.


Christine schenkte sich gerade die erste Tasse Kaffee ein, als das Telefon klingelte. War das Alexandre? Der Gedanke verursachte ihr starkes Herzklopfen, doch Christine zwang sich, das Telefon noch mehrmals läuten zu lassen, ehe sie den Hörer abhob. Doch es war nicht Alexandre. Am Apparat war der Leiter des privaten Pflegeheims. Er teilte Christine mit, dass Arthur vor wenigen Minuten an einem weiteren Schlaganfall gestorben war.

„Es war eine Erlösung für ihn", sagte der Professor mitfühlend. „Er hätte nicht gewollt, dass sie jetzt traurig sind. Also seien sie um seinetwillen jetzt tapfer."

Zu Christines Überraschung erschienen zu der Trauerfeier fünf Tage später, nicht nur Arthurs Söhne und seine Freunde, sondern auch Evelyne, von Kopf bis Fuß in Schwarz gehüllt. Sie hatte zwar, soviel Anstand, sich in der Kapelle in eine der hinteren Bänke zu setzen, doch später auf dem Friedhof, sprach sie Christine an:

„Ich nehme an, du bist überrascht, mich hier zu sehen."

„Allerdings", entgegnete Christine reserviert.

„Du bist auch leicht zu durchschauen. Mich hast du nie leiden können, nicht wahr?"

„Das stimmt. Ich habe von Anfang an geahnt, dass du Arthur nur wegen seines Vermögens geheiratet hast, und ich habe recht behalten."

„Ich bekam nur, was mir rechtlich zusteht", verteidigte sich Evelyne. „Außerdem hatte er soviel Geld, dass einige tausend Euro mehr oder weniger ihm nichts ausmachten."

„Von Geld rede ich gar nicht, sondern dass du deine Firmenanteile an *Amco* verkauft hast. Arthur hätte dir den gleichen Preis bezahlt."

„Meinetwegen hätte er sie erwerben können, aber Alexandre war dagegen."

Christine sah Evelyne fassungslos an. Sollte Alexandre in seiner Skrupellosigkeit soweit gegangen sein?

„Jetzt staunst du, wie?" spottete Evelyne. „Wenn du das gewusst hättest, wärst du wahrscheinlich nicht mit Alexandre ausgegangen. O ja, ich weiß, dass ihr ein Herz und eine Seele seid. Ich habe euch nämlich zusammen gesehen. Ihr wart so mit euch selbst beschäftigt, dass ihr für andere Leute gar keine Augen hattet. Arthur hat dir vor seinem Schlaganfall also nicht mehr mitteilen können, dass Alexandre das Geschäft mit *Amco* vermittelt hat?"

„Das glaube ich nicht."

„Frag ihn doch selbst. Als ich das Angebot bekam, wollte ich Arthur vorschlagen mitzuziehen, aber Alexandre meinte, das wäre Zeitverschwendung. Es würde Monate dauern, bis Arthur die Kaufsumme zusammen hätte."

„Du bekommst so viel Unterhalt, dass du nicht sofort auf das Geld angewiesen warst."

„Ich weiß, aber ich musste mich Alexandres Anordnungen fügen. Als er meinen Fall übernahm, musste ich mich verpflichten, ihm die Verwaltung meiner Finanzen zu überlassen. Warum regst du dich eigentlich auf? Dir kommt das Geld, das er durch mich verdient hat, doch auch zugute. Wie ich höre, lässt er sich von dir ein Haus umbauen."

Christine wandte sich angewidert ab. Jetzt wusste sie, warum Evelyne zur Beisetzung gekommen war. Nicht um Arthur die letzte Ehre zu erweisen, sondern um Christines Freundschaft zu Alexandre zu zerstören. Wie sollte Evelyne auch ahnen, dass ihre Enthüllung genau das Gegenteil bewirkt hatte? Jetzt, wo Christine den Beweis hatte, wozu Alexandre fähig war, würde sie alles daransetzen, ihn zu heiraten und es ihm dann heimzuzahlen.

Da sie nach wie vor geschäftlich miteinander zu tun hatten, fiel es Christine nicht schwer, sich wieder in Erinnerung zu bringen. Es verging kaum ein Tag, an dem Alexandre nicht den Fortschritt der Arbeiten an seinem Haus begutachtete, und Christine sorgte dafür, dass sie sich immer zur selben Zeit auf der Baustelle aufhielt.

Wenn Christine ihn wirklich einmal verpasste, rief sie ihn wegen irgendeiner Kleinigkeit an und ließ Alexandre spüren, dass sie nur eine Ausrede suchte, um mit ihm zu sprechen. So unterhielten sie sich oft lange, und Alexandre schien es ebenso schwer zu fallen wie Christine, die Gespräche zu beenden.

Bald bemerkte Christine, dass die Begegnungen oder Gespräche mit ihr für Alexandre sehr wichtig waren. Aber Alexandre spielte mit keinem Wort darauf an, dass er wünschte, Christine auch privat wieder zu sehen. Er nahm sie also tatsächlich beim Wort. Doch so leicht sollte Alexandre ihr nicht entkommen. Wenn sie mit anderen Männern ausging, bestand sie darauf, in Restaurants zu gehen, in denen auch Alexandre zu verkehren pflegte. Häufig traf sie ihn tatsächlich, Jedes Mal in Begleitung einer anderen Frau.

Manchmal saßen sie sogar an benachbarten Tischen, und Christine spielte mit viel Hingabe die Eifersüchtige, indem sie Alexandre nicht aus den Augen ließ. Sie ging sogar soweit, sich einige Kleider zu kaufen, die ihr viel zu groß waren, damit Alexandre glaubte, sie habe vor Kummer abgenommen.

Falls Christines vorgespielter Liebeskummer irgendeine Wirkung auf ihn hatte, ließ er sich jedenfalls nichts anmerken. Alexandre führte weiter das Leben eines überzeugten Junggesellen, wechselte ständig seine Begleiterinnen und benahm sich jeder gegenüber, als sei sie die betörendste Frau der Welt.

Das Wochenende stand bevor, und Christine beschloss, zwei Fliegen mit einer Klappe zu schlagen. Jules und Jaqueline de Mauvesin, ein Cousin mütterlicherseits und seine Frau, verbrachten ihren Urlaub in der Nähe von Saint Rémy de Provence, wo sie ein Grundstück besaßen. Sie hatten Christine gebeten, ihnen ein Ferienhaus zu entwerfen, ein Auftrag, über den sie sich besonders freute. Jetzt waren die Rohskizzen fertig, und Christine beschloss, sie selbst nach Saint Rémy zu bringen. Einige Tage Urlaub und vor allem ein Tapetenwechsel, würden ihr gut tun.

„Warum bleiben Sie nicht etwas länger?" schlug ihr Marc Desmonts, einer der Teilhaber von Laurent Lefebvre, vor. „Sie haben schon über ein Jahre keinen Urlaub mehr gemacht, und allmählich sieht man es Ihnen an."

„Ein Kompliment ist das nicht gerade", protestierte Christine.

Er betrachtete sie mit gut gemeinter, väterlicher Besorgnis. „Sie sind immer noch die schönste Architektin an der ganzen Riviera, aber Sie sehen müde aus."

„Na gut", gab Christine nach. „Dann bleibe ich die ganze Woche weg."

Am nächsten Morgen brach Christine schon sehr früh auf. Es war herrliches Wetter, und zum ersten Mal seit Monaten fühlte sie sich wieder jung und ohne Sorgen. Durch das geöffnete Schiebedach ihres Wagens wehte eine frische Brise herein und zerzauste ihr Haar. Auf dem Rücksitz lagen eine Tennisausrüstung und Golfschläger. Weder Tennis noch Golf spielte sie oft, doch Jules hatte ihr gesagt, dass die Sportanlagen des Hotels sehr gut seien. Er und seine Frau hatten das Hotel hauptsächlich wegen seiner Kureinrichtungen ausgewählt.

„Sich die Pfunde anzuessen, macht wesentlich mehr Spaß, als sie wieder loszuwerden", klagte Jules am Abend, als sich Christine zum Dessert ein Sorbet mit gerösteten Nüssen bestellte.

„Mir kannst du kein schlechtes Gewissen machen", lachte Christine. Solange sie Urlaub machte, würde sie essen, worauf sie Lust hatte. Alexandre de Rochefort sah es ja nicht.

„Wie gut", meinte Jules zufrieden schmunzelnd. „Ich würde dir ungern den Appetit verderben."

„Wir sind hier um für die Sünden unserer Kreuzfahrt zu büßen", gestand Jaqueline, eine mollige Fünfzigjährige. „Nach jedem Drei-Sterne-Menü habe ich drei Pfund zugenommen."

Die Eheleute tauschten einen vielsagenden Blick und lachten herzhaft. Christine fühlte sich sehr wohl in ihrer Gesellschaft. Wenn Alexandre die beiden so sehen könnte, würde er seine Abneigung gegenüber der Institution Ehe bestimmt aufgeben. Jules leitete eine angesehene Handelsbank in Paris und im Gegensatz zu vielen anderen wohlhabenden Leuten, machten die de Mauvesins keinen Hehl daraus, dass sie die Früchte ihrer Arbeit genossen.

„Warum sollten wir mit dem Geldausgeben warten, bis wir alt und grau sind?" war Jules' Lieblingsspruch. Deswegen hatten sie sich auch für ein Ferienhaus in Les Antiques bei Saint Rémy entschieden. „Dort kann ich tagsüber im Hotel meine Abmagerungskur machen und nachts im eigenen Bett schlafen", begründete Jules seine Wahl.

„Ich hole die Pläne für das Haus gleich herunter", wechselte Christine das Thema und wollte aufstehen.

Jaqueline hielt sie zurück. „Das hat doch Zeit bis morgen. Du bist bestimmt müde und erschöpft von der Fahrt. Wie wäre es, wenn wir uns morgen gegen drei Uhr treffen. Am Vormittag müssen wir nämlich zur Gymnastik und zur Massage.

Pünktlich um drei Uhr am nächsten Tag klopfte Christine mit einer Mappe unter dem Arm an die Tür der de

Mauvesins. Sie hatte einige Entwürfe zur Auswahl vorbereitet, aber ihr selbst gefiel eigentlich nur einer davon.

„Du wirst wohl mit mir alleine vorlieb nehmen müssen", entschuldigte sich Jules, als er ihr die Tür öffnete. „Jacky hatte ihre Termine durcheinander gebracht und ist gerade bei der Massage."

„Soll ich später wiederkommen?" fragte Christine höflich.

„Nein, nein. Solange ich hier nur Bauskizzen studiere, muss ich wenigstens nicht zum Sport."

Lachend breitete Christine ihre Zeichnungen auf dem Tisch aus und begann, ihm ihre Vorschläge zu erläutern. Sie freute sich sehr, als sich Jules für ihren Lieblingsentwurf entschied.

„Das muss gefeiert werden", rief Jules begeistert. „Ich lasse uns eine Flasche Champagner kommen."

„Du bist hier um abzunehmen", ermahnte Christine ihn.

„Ach, zum Teufel mit der Diät."

Sie hatten die Flasche beinahe geleert, als Christine auf die Uhr sah. „Ich muss gehen und mich umziehen. Es ist schon nach sechs, und ich weiß, das ihr früh essen wollt." Obwohl das Hotel den Kurgästen die Mahlzeiten auch in einem separaten Raum servierte, hatten Jules und Jacky darauf bestanden, mit Christine im Restaurant zu essen.

„Hoffentlich gefallen Jacky die Pläne", meinte Christine, als sie schon an der Tür war.

„Das werden sie bestimmt. Es kommt höchst selten vor, dass wir einmal verschiedener Meinung sind."

„Du bist der einzige Ehemann, der sich nie beklagt, dass seine Frau ihn nicht versteht", stellte Christine fest und trat auf den Gang hinaus.

Skeptisch betrachtete Jules das langstielige Champagnerglas in seiner Hand. „Es sei denn, sie bekommt heraus, dass ich gemogelt habe. Dann wird sie mir vermutlich die Hölle heiß machen."

„Sag ihr, ein verführerischer Vamp hätte dich dazu überredet." Plötzlich entdeckte Christine einen Mann in Tenniskleidung, der auf sie zukam. Im ersten Moment glaubte sie an eine Sinnestäuschung. Was machte Alexandre denn hier?

Jules hatte offensichtlich nichts bemerkt. „Dazu kennt mich meine Frau viel zu gut", sagte er zerknirscht. „Aber vielleicht komme ich noch einmal mit heiler Haut davon." Er legte Christine den Arm um die Schulter. „Bis heute hatte ich keine Ahnung davon, wie begabt du bist. Du hast meine kühnsten Erwartungen übertroffen."

„Vielen Dank." Sie küsste ihn auf die Wange. „Jetzt weiß ich, an wen ich mich wenden muss, wenn ich eine Referenz benötige."

„Das hoffe ich, mein Schatz, bis später."

Alexandre trug ein kurzärmeliges weißes Tennishemd, das halb offen stand und dichtes schwarzes Brusthaar sehen ließ, und knappe weiße Shorts.

„Bonjour!" Christine zwang sich zu einem Lächeln. „Das ist aber eine Überraschung!"

„Allerdings", antwortete Alexandre. Seine Stimme bebte vor unterdrückter Wut.

„Wie meinst du das?" fragte sie sanft und schaute ihn mit großen Augen an.

„Heb dir deine Verführungskünste für deinen beleibten Freund auf", antwortete er unwirsch.

Einen Moment, glaubte Christine, sich verhört zu haben. Dachte Alexandre etwa...

„Sei nicht albern", erwiderte sie schnell. „Jules ist nicht nur ein Kunde, sondern auch mein Vetter."

„Das kannst du deiner Großmutter erzählen!"

„Aber es stimmt." Auf keinen Fall wollte sie Alexandre wegen eines dummen Missverständnisses verlieren. Nicht, nachdem sie sich solche große Mühe gegeben hatte, ihn einzufangen. „Jules ist wirklich ein Verwandter von mir. Er will sich hier unten ein Ferienhaus bauen lassen und hat mich ...“

„Erspar mir seine Lebensgeschichte“, unterbrach Alexandre sie barsch. „Ich habe jedes Wort gehört, dass er zu dir gesagt hat. Seine kühnsten Erwartungen hast du also übertroffen. Ich hatte von Anfang den Verdacht, dass du nicht so spröde bist, wie du dich gibst; aber dumm wie ich war, habe ich an das Märchen geglaubt, dass du bis zur Hochzeit warten willst.“ Er packte sie an den Schultern. „Hätte ich geahnt, dass du mich hintergehst, hätte ich mich nicht so lange hinhalten lassen.“

„Ich habe dich aber nicht hintergangen“, protestierte Christine und versuchte erfolglos, sich seinem Griff zu entwinden. „Es gibt keinen anderen Mann für mich.“

„Dieser so genannte Vetter zählt wohl nicht?“

„Sei nicht albern“, sagte sie zornig und riss sich los. „Ich habe es wahrhaftig nicht nötig, meine Moral vor einem Mann zu verteidigen, der gar nicht weiß, was das ist.“

Ohne auf Alexandres Antwort zu warten, rannte Christine den Gang hinunter zum Aufzug. Zum Glück hielt er gerade, und sie atmete auf, als sich die Türen hinter ihr schlossen.

Was machte Alexandre in Saint Rémy? War es Zufall, oder war er ihr nachgefahren?

Eins war sicher: Sie mit Jules zu sehen, hatte Alexandre sehr zornig gemacht. War Alexandre etwa eifersüchtig? Wenn ihre Vermutung zutraf, bestand vielleicht noch eine Chance, ihn einzufangen.

## 4. KAPITEL

Jules und Jacky saßen schon an der Bar, als Christine hereinkam.

„Wie war es denn bei der Massage?" fragte sie Jacky und setzte sich zu den beiden.

„Wunderbar. Ich fühle mich nachher immer wie neugeboren. Christine, die Pläne für das Haus sind phantastisch. Jules hat sie mir eben gezeigt."

Jules winkte einem Kellner. „Was möchtest du trinken, Christine?"

„Einen Pastis, bitte."

„Wie wäre es stattdessen mit Wodka und Kaviar?"

„Das ist mir auch recht", antwortete sie fröhlich. „Mit etwas Gänseleberpastete."

„Dein Wunsch ist mir Befehl."

Christine machte ein spitzbübisches Gesicht. „Außerdem hätte ich gerne einen Porsche", scherzte sie.

„Sollst du haben", erwiderte Jules grinsend. „Ich werde es dir vom Honorar abziehen."

„Wenn du das tust, baue ich dir ein Haus ohne Fenster." In diesem Ton ging die Unterhaltung weiter, doch Christine schaute unwillkürlich immer wieder zur Tür.

„Erwartest du jemanden?" fragte Jacky schließlich, als ihr Christines Abwesenheit auffiel. Warum sollte Christine es nicht zugeben? Es war sowieso unvermeidlich, dass sie und Alexandre sich im Hotel begegnen. Zur Not würde sie dem Zufall nachhelfen.

„Nicht direkt", sagte sie zögernd. „Als ich heute Nachmittag aus eurem Zimmer kam, traf ich zufällig einen Kunden von mir, der auch ein ehemaliger Freund ist." Sie erzählte kurz, was sich auf dem Gang abgespielt hatte.

Jules lachte laut auf. „Er traut mir also zu, eine Schönheit wie dich einzufangen? Das schmeichelt mir aber ungeheuer."

„Hier geht es aber nicht um dein Selbstbewusstsein, sondern um Christine", tadelte seine Frau. „Wenn es ein verflossener Freund ist, geht es ihn doch eigentlich gar nichts an, was du tust."

„Es sei denn, er hängt noch an dir", warf Jules ein.

„Viel wichtiger – hängst du noch an ihm?" Jacky sah Christine fragend an.

Einen Augenblick überlegte Christine, Jules und Jacky in ihren Plan einzuweihen, doch dann kamen ihr Zweifel. Es war wohl besser, niemanden mit hineinzuziehen. Irgendetwas musste sie aber sagen.

„Ich habe ihn sehr gern", begann Christine zögerlich, „und ich glaube, dass er mich auch mag. Nur will er auf keinen Fall heiraten, und deswegen habe ich mich von ihm getrennt."

„Deshalb hat er sich so aufgeregt, als er dich mit Jules sah", sagte Jacky lachend.

„Ja, ich hoffe, dass es nicht nur verletzte Eitelkeit war."

„Warum lädst du deinen Freund nicht ein, mit uns zu essen?" schlug Jules vor. „Dann kann er sich selbst davon überzeugen, dass wir..." Er brach ab, als Christine ihn am Arm berührte.

Im Eingang stand Alexandre und sah sich suchend um. Er trug eine helle Leinenhose mit blauem Jackett. Ein Tag in der Sonne hatte ausgereicht, um ihm eine Bräune zu verleihen, für die andere Wochen brauchten.

Wir sind wie Tag und Nacht, dachte Christine. Plötzlich schaute Alexandre zu ihr herüber. Er entdeckte sie und kam, ohne zu zögern, auf sie zu.

„Ich nehme an, das ist er", flüsterte Jacky.

„Allerdings."

„Was für ein attraktiver Mann! Ich weiß nicht, ob ich es übers Herz gebracht hätte, mir eine Affäre mit ihm entgehen zu lassen."

Christine fragte sich, ob es ihr unter anderen Umständen nicht genauso ergangen wäre, aber ehe sie eine Antwort fand, stand Alexandre vor ihr.

„Wie es scheint, muss ich mich entschuldigen" sagte er rau.

„Wofür denn?" So leicht würde Christine es ihm nicht machen.

„Nicht nur für meine dummen, absurden Anschuldigungen, sondern auch dafür, dass ich dir nicht geglaubt habe. Als ich mich wieder etwas beruhigt hatte, wurde mir das schnell klar."

Nach kurzem Zögern nickte Christine. „Wir wollen dieses kleine Missverständnis vergessen. Darf ich vorstellen – Jacky und Jules de Mauvesin."

„Enchanté. Es tut mir leid, dass ich einfach so hereinplatze", entschuldigte sich Alexandre. „Ich habe versucht, Christine anzurufen, aber sie war schon fort."

„Das macht doch nichts", versicherte Jules. „Setzen Sie sich und trinken Sie etwas mit uns."

„Danke, liebend gern."

„Bleiben Sie lange?" erkundigte sich Jacky.

„Nur übers Wochenende."

„Und Sie sind alleine hier?" hackte Jacky nach.

Christine hielt den Atem an. Aus den Augenwinkeln sah sie Alexandres amüsierten Blick. Offenbar hatte er sich von Jackys harmloser Art nicht täuschen lassen.

„Ich besuche einen Freund. Er ist zur Erholung hier."

Christine entspannte sich etwas.

„Hätten Sie beide nicht Lust, mit uns zu essen?" fragte Jules. „Mein Freund ist schon verabredet", antwortete Alexandre. „Hoffentlich kann ich von mir bald das gleiche sagen." Er sah Christine fragend an. „Ich würde diese junge Dame gern zum Essen ausführen, vorausgesetzt natürlich, Sie haben nichts dagegen."

„Natürlich haben wir nichts dagegen", erwiderte Jacky.

„Ganz im Gegenteil. Zuzusehen, wie sie sich durch das

Menü mit fünf Gängen isst, während wir vor einer Schüssel Salat sitzen, würde sogar einen Heiligen neidisch machen."

Lachend sah Alexandre auf die Uhr. „Dann sollten wir möglichst rasch aufbrechen. Ich habe einen Tisch im *La belle Meunière* in Les Beaux für uns bestellt und möchte nicht, dass sie ihn anderweitig vergeben."

Im Restaurant herrschte gedämpftes Licht. Aus versteckten Lautsprechern klang sanfte Musik. Der Oberkellner führte Christine und Alexandre an einem Tisch neben der Tanzfläche.

Wie immer gab es keinen Mann im ganzen Restaurant, der sich mit Alexandre messen konnte weder im Aussehen noch im Auftreten. Das beruhigende Selbstbewusstsein, das er ausstrahlte, hob ihn aus der Masse seiner Mitmenschen heraus. Und doch erschien Christine gerade, diese so deutlich zur Schau getragene Überlegenheit eher ein Makel als ein Vorzug zu sein.

„Entdecke ich da einen skeptischen Ausdruck in deinem hübschen Gesicht? fragte er und sah sie prüfend an.

„Hoffentlich hat das nichts mit mir zu tun."

„Hin und wieder denke ich auch an etwas anderes als an dich." „An was denn, zum Beispiel?"

„Die Wirtschaftslage, einen Atomkrieg, die Rechte der Frauen. Lauter unwesentliche Dinge verglichen mit meinen Gefühlen für dich, aber schließlich haben wir ja alle das Recht auf ein wenig Zerstreuung."

„Du hast auf alles eine Antwort, selbst wenn sie nicht immer der Wahrheit entspricht. Kein Wunder, dass ich dich so faszinierend finde."

„Aber nicht so faszinierend wie deine ständig wechselnden Damenbekanntschaften. Ich glaube, ich weiß jetzt, weshalb es mir nicht gelungen ist, dich zu erobern. Ich bin zu alt für dich."

„Du weißt verdammt gut, dass das eigentliche Problem, deine Fixierung auf die Ehe ist", brummte Alexandre.

„Deinem Ton nach scheinst du die Ehe für Sünde zu halten."

„Für mich ist sie das auch." Christine wollte scharf antworten, doch er hob die Hand.

„Nein, Christine. So verderben wir uns nur den Abend. Schließen wir Waffenstillstand."

„Offenbar ist das die einzige Lösung." Sie griff nach der Speisekarte. „Ich weiß nicht, wie es dir geht, aber ich fühle mich ganz schwach vor Hunger."

„Schön, das zu hören. Immer, wenn ich dich während der vergangenen Wochen in einem Restaurant gesehen habe, hast du wie ein Spatz gegessen."

Christine hielt den Blick gesenkt. Seit Jacky vorhin in der Bar unabsichtlich verraten hatte, wie viel sie aß, hatte sie auf eine solche Bemerkung von Alexandre gewartet.

„Eine Zeitlang hatte ich wirklich überhaupt keinen großen Appetit. Allein beim Anblick von Essen wurde mir übel. Aber dann hat mir meine Ärztin diese phantastischen neuen Tabletten verschrieben." Sie biss sich auf die Lippen. „Ich... ich mache mir nur Sorgen, dass ich sie vielleicht über einen längeren Zeitraum einnehmen muss. Sie haben einige ziemlich unangenehme Nebenwirkungen."

„Welche denn?"

„Haarausfall." Wie unabsichtlich strich sie eine kurze, blonde Strähne zurück. „Und Sehstörungen. Na ja, aber alles ist besser als Magersucht."

Alexandre leerte in einem Zug sein Glas. Seinem Gesichtsausdruck nach zu urteilen, glaubte er ihr. Christine bereitete es Schwierigkeiten, gleichgültig zu wirken.

„Es ist ja nicht deine Schuld, dass ich dich nicht vergessen kann", begann Christine leise. „Du kannst nichts dafür, dass du  mich nicht liebst."

Hoffnungsvoll wartete sie darauf, dass er das Gegenteil behaupten würde, doch er tat es nicht. Stattdessen meinte Alexandre nur:

„Vielleicht wäre es am besten, wenn du die Arbeiten an meinem Haus, doch einem deiner Kollegen übergibst. Dann musst du mich wenigstens nicht mehr tagtäglich sehen."

Und sie hatte angenommen, sein Widerstand wäre ins Wanken geraten! Sie bemühte sich, ein Zittern in ihre Stimme zu legen.

„Ob wir uns sehen oder nicht, spielt überhaupt keine Rolle. Ich muss trotzdem unentwegt an dich denken. Aber das ist nicht dein Problem, Alexandre, sondern meins, und früher oder später werde ich darüber hinwegkommen. Mach dir keine Sorgen um mich."

„Das tue ich aber. Bist du sicher, dass du an meinem Haus weiterarbeiten willst?"

„Ganz sicher."

Während des gemeinsamen Essens war Alexandre ungewöhnlich schweigsam. Offenbar beschäftigten ihre Worte ihn mehr, als er äußerlich zugeben wollte.

„Das war die beste Seezunge, die ich je gegessen habe", erklärte Christine, als der Kellner den Tisch abräumte.

„Ich freue mich, dass es dir geschmeckt hat. Möchtest du vielleicht noch einen Dessert?"

„Nein, danke. Nur Kaffee!"

Alexandre deutete auf die Tanzfläche und sah Christine fragend an. Sie nickte und stand auf. Sie hatten beide schon öfter miteinander getanzt, und wie immer fanden sie sofort denselben Rhythmus. Christine legte ihre Wange an Alexandres Schulter. Er zog sie fester an sich und vergrub sein Gesicht in ihrem Haar.

„Wie gut du duftest", flüsterte er und strich liebevoll über Christines Nacken und Rücken. Die Berührung war sehr leicht. Christine bemühte sich, an etwas anderes zu denken, zum Beispiel an die Leute auf der Tanzfläche, an das ungewöhnliche Muster der Tapete, die gezackten Gipfel der Alpilles, den Ausläufern der Alpen, hinter der Glaswand. Aber nichts half. Sie fühlte nur noch Alexandre, und ihre Gedanken drehten sich nur um ihn.

„Unser Kaffee wird kalt", brachte Christine schließlich heraus.

„Von mir aus kann er eine Eisdecke bekommen, solange ich dich noch etwas länger in den Armen halten kann", flüsterte Alexandre.

„Und ich soll deinetwegen verdursten?"

„Warum nicht? Ich sterbe schließlich auch beinahe vor Hunger. Hunger nach dir."

„Armer Alexandre!"

„Hartherzige Christine", antwortete er und führte Christine wieder an den Tisch zurück.

Als Alexandre Christines Weißweinglas nachfüllen wollte, hielt sie ihn zurück. Sie hatte schon mehr als drei Gläser getrunken. Wenn sie jetzt noch mehr trank, würde es vielleicht mit ihrer mühsam bewahrten Zurückhaltung vorbei sein. Doch möglicherweise legte er es genau darauf an.

„Nein, danke", erklärte sie. „Ich möchte nur schwarzen Tee." Alexandre drängte Christine nicht, doch sein amüsierter Blick bewies, dass er wieder einmal ihre Gedanken erraten hatte. „Arbeitest du gerade an einem interessanten Projekt?" erkundigte er sich und füllte sein eigenes Glas.

„Ja. Ich habe den Auftrag für ein neues öffentliches Gebäude in Toulouse bekommen."

„Meine alten Jagdgründe", schmunzelte Alexandre. „Ich habe dort studiert."

„Seltsam. Ich habe immer angenommen, du hättest an der Sorbonne in Paris studiert."

„Du scheinst mich mit Vorliebe an Orten zu vermuten, wo ich nicht bin."

„Bist du aus der Gegend?" fragte Christine.

„Nein, aus dem Périgord. Ich komme aus Sarlas."

„Das ist eine sehr schöne, kleine Stadt. Ich war letztes Jahr für eine Woche geschäftlich dort, um Skizzen für die Restaurierung der Kathedrale einzureichen, aber ich habe den Auftrag nicht bekommen."

„Du warst sicher sehr enttäuscht?"

„Ja. Geht dir das nicht genauso, wenn du vor Gericht einen Fall verlierst?"

„Das ist mir bisher noch nie passiert. Wahrscheinlich hatte ich schlicht und ergreifend Glück."

„Falsche Bescheidenheit steht dir nicht, Alexandre. Mir gefällt zwar deine Arbeitsweise nicht, aber trotzdem muss ich zugeben, dass du dein Fach beherrschst wie kein zweiter."

„Du hast wirklich ein besonderes Talent, Komplimente mit Beleidigungen zu verknüpfen. Wenn dir mein Beruf so zuwider ist, bin ich aufs tiefste überrascht, dass du mich trotzdem heiraten willst."

„Ich auch." Christine hatte seit langem auf diese Worte gewartet, und sich schon eine Antwort bereitgelegt. „Aber man kann seine Gefühle nun einmal nicht steuern. Du bist der letzte Mann, in den ich mich verlieben wollte, und doch konnte ich es nicht, verhindern."

„Und was machen wir jetzt?" fragte Alexandre. „Streng genommen haben wir beide doch dasselbe Ziel?"

„Mit einem wesentlich Unterschied. Für mich führt der Weg in dein Schlafzimmer nur über den Traualtar, während du die direkte Strecke vorziehst."

Alexandre musste lachen. „Christine, du bist wirklich herzerfrischend. Wenn du nur nicht so altmodisch wärst!"

„Wäre ich wie alle anderen, würdest du mich vielleicht gar nicht mehr haben wollen."

„Lass es doch darauf ankommen."

„Nein!"

„Du hast wirklich einen verdammten Dickschädel."

„Und was ist mit dir? Du bist auch nicht gerade für deine Nachgiebigkeit berühmt, Alexandre de Rochefort", konterte sie gereizt.

„Das behaupte ich ja gar nicht. Aber wenigstens führe ich ein ausgefülltes Leben. Himmel, Christine, bist du denn nie frustriert?"

„Sehr oft sogar. Aber dann denke ich daran, wie viel die Ehe bedeutet, und das Warten lässt sich leichter ertragen."

Alexandre schüttelte nur verständnislos den Kopf. „Für mich ist die Ehe eine Einrichtung, die sich selbst überholt hat. Mit dieser Meinung stehe ich übrigens nicht allein da!"

„Wenn du noch mehr Anhänger findest, solltest du besser anfangen, für deinen Ruhestand zu sparen. Je weniger Ehen es gibt, desto seltener werden die Dienste eines Scheidungsanwalts benötigt."

„Zur Ruhe könnte ich mich jetzt schon setzen. Ich arbeite nur noch, weil Scheidungen mir solchen Spaß machen."

Christine wusste, dass er sie absichtlich provozierte, doch sie tat ihm den Gefallen nicht, darauf einzugehen. Stattdessen fragte sie lieber: „Hast du Eltern?"

„Selbstverständlich. Entgegen deiner Überzeugung wurde ich keineswegs in Frankensteins Labor erschaffen."

„Du weißt sehr gut, wie meine Frage gemeint war. Leben deine Eltern noch?"

„Nur mein Vater."

„Wann hast du deine Mutter verloren?"

„Als ich sechzehn Jahre alt war." Alexandre wirkte angespannt. Christine wartete darauf, dass er weitersprach, aber er blieb stumm und nippte an seinem Weinglas.

„Hast du Geschwister?" fragte sie.

„Zwei ältere Schwestern. Sie sind alle verheiratet und haben meinem Vater genug Enkelkinder beschert, um ihn von früh bis spät zu beschäftigen."

Ohne dass sie sagen konnte, warum, war Christine immer noch überzeugt, dass sein Widerwillen gegen die Ehe in seiner Vergangenheit begründet war. Aber was war passiert?

„Jetzt habe ich dir von meiner Familie erzählt", unterbrach Alexandre ihre Gedanken. „Nun ist die Reihe an dir."

Auch diese Antwort hatte Christine sich genau überlegt.

„Meine Eltern sind tot", begann sie, „und ich habe keine Geschwister. Die meisten meiner Verwandten leben im Aveyron, aber da ich die kalten Winter nicht mag, habe ich mir nach dem Studium in Marseille eine Stelle an der Côte d'Azur gesucht. Mehr gibt es nicht zu erzählen."

„Das glaube ich nicht. Mich würde vor allem brennend der Familienstammbaum interessieren, der so ein interessantes Wesen wie dich, hervorgebracht hat."

Christine unterdrückte ein Gähnen.

„Kann ich dir ein anderes Mal davon erzählen? Ich bin auf einmal so schrecklich müde."

# 5. KAPITEL

Auf der Fahrt zurück ins Hotel hielt Christine die Augen geschlossen, um Alexandre nicht zu weiteren Fragen zu ermutigen. Den ganzen Abend auf der Hut zu sein, war überaus anstrengend, und plötzlich musste sie die Müdigkeit nicht mehr vortäuschen. Erst die Berührung seiner Lippen weckte sie auf. Sie fuhr erschrocken hoch.

„Wach auf, Dornröschen. Wir sind im Schloss angekommen." Nonchalant half Alexandre ihr aus dem Wagen.

In der Hotelhalle reichte Christine ihm die Hand. „Vielen Dank für den reizenden Abend."

„Er ist erst zu Ende, wenn wir an deiner Tür sind."

„Hauptsache du bist dir darüber klar, dass er dort endgültig vorbei ist."

„Hast du Angst, dass du der Versuchung erliegen könntest, mich hineinzubitten?"

Genau das befürchtete Christine, aber das würde sie ihm gegenüber nie zugeben. „Wie wäre es mit einer Partie Tennis morgen?" wich sie aus. „Wenn dein Freund eine Partnerin findet, könnten wir ein gemischtes Doppel spielen."

„Ich frage ihn, und sage dir morgen früh Bescheid. Wir könnten uns um acht Uhr zum Frühstück treffen, oder ist dir das zu früh?"

„Natürlich nicht. Ich bin keine dieser Frauen, die den Vormittag im Bett verbringen."

„Weil du niemanden hast, der dir Gesellschaft leistet. Mit dem Richtigen würde es dir bestimmt viel mehr Spaß machen als aufzustehen. Versuch es doch einmal mit mir."

Christine verdrehte die Augen. „Für Beharrlichkeit verdienst du wirklich einen Orden."

„Auch sonst sagt man mir nach, nicht unbegabt zu sein. Willst du es nicht ein Mal ausprobieren?"

„Liebend gern. In unserer Hochzeitsnacht."

Alexandre lachte. „An Ausdauer stehst du mir nicht nach."

Sie waren vor Christines Zimmer angekommen. Er nahm ihr den Schlüssel aus der Hand und öffnete die Zimmertür. Sie ging hinein und streckte die Hand nach dem Schlüssel aus, doch Alexandre schüttelte den Kopf. „Erst muss ich dir noch einen Gutenachtkuss geben."

„Das hast du schon im Auto getan", erinnerte sie ihn.

„Da habe ich dich nur geweckt. Zwischen Gutenmorgen- und Gutenachtküssen liegt ein himmelweiter Unterschied." Er fasste sie sanft am Kinn. „Ich werde es dir zeigen."

Sein Mund war ebenso warm und fordernd wie seine Hände. Er streichelte ihr über den Rücken und presste sie eng an sich, bis Christine seine Erregung spüren konnte. Sie versuchte sich loszumachen, doch er hielt sie fest und schob sie noch weiter ins Zimmer hinein. Mit dem Fuß stieß er die Tür hinter sich zu. Wieder begann Alexandre sie zärtlich zu küssen, bis ihr schwindelig wurde. Christine versuchte erneut sich von ihm zu befreien, aber er war stärker als sie. Jetzt glitt sein Mund tiefer und liebkoste ihre bloßen Schultern und dann die weiche  Haut ihrer Halsgrube.

„Ich weiß, dass du mich begehrst", sagte Alexandre rau. „Warum willst du dagegen ankämpfen?"

Plötzlich hatte Christine die Idee, wie sie die Situation meistern konnte. Alexandre hatte heute Abend keinen Zweifel daran gelassen, dass er unverheiratet bleiben wollte. Doch was würde geschehen, wenn sie seine Zärtlichkeit zuließ, zumindest so weit, dass er einen Vorgeschmack auf die Freuden bekam, die sie ihm bereiten konnte?

Es war ein gefährliches Spiel, denn seine Liebkosungen hatten ein nie gekanntes Gefühl in ihr geweckt.

„Ich kämpfe keinesfalls gegen dich, Alexandre, sondern gegen mich selbst." Es fiel ihr nicht schwer, ihre Stimme ängstlich klingen zu lassen. „Bitte geh. Zwinge mich nicht, etwas zu tun, was ich bereuen würde."

„Das würdest du aber nicht. Du bist für die Liebe wie geschaffen, und ich werde dir zeigen, wie wunderbar sie sein kann."

„Alexandre, ich kann nicht!"

„O doch, Liebling." Liebevoll und voller Zärtlichkeit küsste Alexandre ihre Handflächen und strich dann mit der Zunge über ihre Fingerkuppen. „Hab keine Angst vor mir. Wenn du willst, höre ich sofort auf."

Mit geschickten Fingern streifte Alexandre ihr die Träger des bunten Sommerkleides von den Schultern und streichelte ihre Brüste. Dann senkte er den Kopf und begann, erst die eine, dann die andere Spitze zu küssen, bis Christine vor Lust aufstöhnte. Wortlos hob er Christine hoch und legte sie aufs Bett.

Wieder trafen sich ihre Lippen, und plötzlich vergaß sie, dass sie ein Spiel mit sehr hohen Einsätzen spielte. Alexandres Berührungen waren so berauschend, dass sie alles um sich herum vergaß. Mit Händen und Lippen erforschte er geschickt die intimsten Stellen ihres Körpers, bis sie sich ihm voll Verlangen entgegen bog. Wie von selbst, öffneten sich ihre Schenkel, um ihn in sich aufzunehmen, und den unerträglich gewordenen Hunger in sich zu stillen.

„Jetzt wirst du lernen, was Liebe ist", flüsterte Alexandre.

Hätte er nicht gesprochen, hätte sich Christine ihm wahrscheinlich bedenkenlos hingegeben. Doch das Wort *Liebe* riss sie mit einemmal aus ihrem Rausch.

Christine stieß Alexandre heftig von sich und kroch unter die Bettdecke.

„Verflixt!" fluchte Alexandre und knipste die Nachtischlampe an. „Was soll denn das auf einmal?"

„Ich nehme mir nur das Recht, das du mir ausdrücklich eingeräumt hast. Du sagtest, du würdest jederzeit aufhören, wenn ich es will."

Christine stand auf, wickelte sich in ihren Morgenmantel und stellte sich ans Fenster.

„Alexandre, ich kann es einfach nicht. Sex außerhalb der Ehe ist für mich unmöglich. Ich habe gedacht, ich könnte mich darüber hinwegsetzen, aber ich schaffe es einfach nicht. Alexandre, bitte sei mir nicht böse. Es tut mir leid."

„Leid?" wiederholte er verächtlich. „Das sollte wohl eher ich sagen, denn das Versagen liegt bei mir. Ich habe einen

Augenblick lang geglaubt, du wärst wirklich eine Frau aus Fleisch und Blut."

Seine Stimme war leise und beherrscht und es fiel ihr schwer zu glauben, dass er noch wenige Sekunden zuvor ein leidenschaftlicher Liebhaber gewesen war. „Du wirst mich nicht noch einmal zum Narren halten, Christine." Alexandre stand auf, hob seine Sachen vom Boden auf und begann sich anzuziehen. Dann verließ er ohne ein weiteres Wort das Zimmer.

Christine überraschte es nicht, als sie am nächsten Morgen erfuhr, dass Alexandre abgereist war. Auch in den folgenden sechs Wochen ließ er nichts von sich hören. Er mied die Bistros, in denen er sonst verkehrte; und seine Anweisungen bezüglich des Umbaus ließ er durch seine Sekretärin an Christine übermitteln. Wenn Alexandre zur Baustelle fuhr, vergewisserte er sich offensichtlich vorher, dass er Christine dort nicht antreffen würde.

Obwohl Christine noch immer bei jedem Telefonklingeln erwartete, beim Abnehmen des Hörers Alexandres Stimme zu hören, begann sie allmählich wieder ihr eigenes Leben zu führen.

Durch einen Auftrag für eine Arztpraxis lernte sie den Herzchirurg Richard de Castillon kennen, der Christine spontan zum Essen einlud.

Richard war ein Gutaussehender, netter Mann, in dessen Gegenwart sich Christine wohl und geborgen fühlte. Nach den Strapazen der vergangenen Monaten empfand sie es als eine Erleichterung, nicht mehr auf der Hut sein zu müssen.

Christine nahm wieder etwas zu, und die dunklen Schatten unter ihren Augen verschwanden. Sie arbeitete auch weniger. Die Wochenenden verbrachte sie entweder mit Richard in seinem Strandhaus in Cassis oder auf Arthurs Boot. Arthur, der einst ihre Leidenschaft fürs Segeln und die See weckte, hatte ihr seine Segelyacht vermacht. Doch in letzter Zeit hatte Christine sie wegen Alexandre so selten benutzt, dass sie sich mit dem Gedanken getragen hatte, das schöne Boot zu veräußern. Doch mit Richard als Begleiter fuhr sie wieder öfter mit dem Boot hinaus, und sie verbrachten viele vergnügliche Stunden auf dem Wasser mit Sonnenbaden, Faulenzen oder Schwimmen.

Eigentlich hätte Christine glücklich sein müssen, doch immer wieder musste sie an Alexandre denken. Sie hatte versucht, ihn zur Heirat zu bewegen, und war kläglich damit gescheitert. Warum ließ sie dann nicht die

Vergangenheit ruhen? Und, noch wichtiger, warum konnte sie die Gefühle, die Richard ihr entgegen brachte, nicht erwidern?

„Wollen wir einmal übers Wochenende zusammen wegfahren?" Richards Stimme brachte Christine in die Gegenwart zurück. Sie gingen Hand in Hand am Strand spazieren.

„Ich habe mich schon gefragt, wann du dieses Thema ansprechen würdest?" sagte Christine betreten.

„Seit ich dich kenne, habe ich an nichts anderes mehr gedacht", gestand Richard. „Aber ich hielt es für klüger, abzuwarten. Du bist keine Frau, die mit einem Mann einfach nur ins Bett geht, um sich anschließend für einen netten Abend zu bedanken."

„Und wenn ich dir sagte, dass ich überhaupt nichts von Affären halte, weder nach kurzer noch nach längerer Bekanntschaft?"

„Würde ich darauf antworten, dass du noch ungewöhnlicher bist, als ich angenommen hatte."

„Ungewöhnlich im positiven oder negativen Sinn?"

Richard de Castillon lachte. „Sagen wir einfach, es wird mich nicht davon abhalten, mich weiterhin mit dir zu treffen. Sex ist zwar wichtig, aber ich warte gerne, bist du soweit bist."

Wenn Christine nur selbst wüsste, wann das sein würde! Sie legte Richard die Hand auf den Arm. „Du bist ein sehr netter Mann, und ich wünschte, ich könnte dir die Antwort geben, die du verdienst. Doch im Moment bin ich so durcheinander, dass ich überhaupt keine klaren Gedanken fassen kann."

„Das weiß ich doch. Ich habe nämlich gehört, dass du eine Zeitlang ziemlich oft mit Alexandre de Rochefort zusammen warst."

„Ja, das stimmt." Christine fröstelte plötzlich. „Aber wir..."

„Du brauchst mir nichts zu erklären", unterbrach Richard sie. „Hast du vergessen, dass ich Herzspezialist bin? Besonders gut eigne ich mich zum Reparieren gebrochener Herzen?"

Christine lächelte verlegen. „Das klingt, wie ein Angebot, das ich unmöglich ablehnen kann."

„Dann ist ja alles ..." Richard wollte sie in die Arme nehmen, doch Christine wich aus.

„Nein, Richard, bitte dräng mich nicht. Und mach dir nicht allzu große Hoffnungen."

Richard betrachtete sie nachdenklich. „Alexandre de Rochefort muss dir wirklich sehr wehgetan haben."

„Nicht er, sondern ich selbst."

„Liebst du ihn noch immer?" fragte Richard.

„Ich habe ihn nie geliebt!" rief Christine heftig. „Es war eher eine Art Besessenheit. Vielleicht erzähle ich dir eines Tages die ganze Geschichte, doch jetzt kann ich noch nicht darüber sprechen. Bitte, lass mir Zeit, Richard."

„Aber du bist gern mit mir zusammen?"

„Das weißt du doch. Du bist ein wunderbarer Freund."

„Ich habe auch als Liebhaber ausgezeichnete Referenzen", betonte er mit gespieltem Ernst. „Und mit meiner Qualifikation als Speziallist in Herzensangelegenheiten, würde ich eine sofortige Behandlung empfehlen."

Christine versuchte, sich nicht zu versteifen, als er sie in die Arme nahm und zärtlich küsste. Seine Liebkosungen waren raffiniert und zärtlich, doch Christine empfand überhaupt nichts.

Es war schon weit nach Mitternacht, als Richard Christine vor ihrer Wohnung absetzte.

„Meine Partner würden sich im Laufe der nächsten Tage gern einmal mit dir zusammensetzen, um einige Veränderungen im Erdgeschoß der Praxis zu besprechen.

Würdest du deine Sekretärin bitten, uns wegen eines Termins anzurufen?" fragte Richard.

„Gleich morgen früh", versprach Christine. „Vielen Dank, für ein sehr schönes Wochenende und vor allem dafür, dass du so verständnisvoll bist."

„Es lohnt sich, auf etwas Besonderes zu warten, und ich bin ein geduldiger Mensch." Er strich ihr das Haar aus der Stirn. „Seit ich dich kenne, bin ich zum ersten Mal, seit meiner Scheidung wieder glücklich. Ich habe bisher nie daran gedacht, noch einmal zu heiraten, aber wir beide würden gut zueinander passen." Christine wollte etwas erwidern, aber Richard legte ihr den Finger auf den Mund.

„Ich habe nicht vergessen, was du mir gesagt hast, und verspreche, dich nicht zu drängen."

Als Christine später allein war, wünschte sie, Richard hätte nichts gesagt. Es war nicht schwierig, einen Mann abzuwehren, der nur auf eine Affäre aus war, aber Richard hatte von Heirat gesprochen. Doch erst musste sie Alexandre vergessen, vorher durfte sie an eine neue Beziehung nicht denken.

Die Türklingel schrillte, und Christine fuhr zusammen. Es war beinahe drei Uhr. Wer konnte das noch sein?

Als Christine durch den Spion schaute, sah sie Alexandre im Flur stehen. Sie öffnete die Tür.

Alexandre war unrasiert und sah müde aus. Sein Gesicht schien leicht gerötet zu sein. Offenbar hatte er getrunken. Was wollte er nur hier?

„Ich versuche seit ein paar Tagen, dich zu erreichen", sagte Alexandre ohne Begrüßung. „Wo, zum Henker bist du gewesen? Ich habe den ganzen Abend im Auto gesessen und auf dich gewartet."

„Ich glaube nicht, dass dich mein Privatleben irgend etwas angeht", antwortete Christine ruhig.

„So?" Alexandre sah sie zornig an. „Wer war der Mann, und in was für ein Verhältnis stehst du zu ihm?"

Das war es also. Alexandre war wieder eifersüchtig. Christine bemühte sich, ihre Genugtuung nicht zu zeigen.

„Er heißt Richard de Castillon, er ist Kardiologe."

„Kenne ich nicht. Ein alter oder ein neuer Freund?"

„Ein neuer."

„Für eine kurze Bekanntschaft, seid ihr beide aber schon ziemlich intim."

„Ich weiß nicht, was du damit meinst."

„Denkst du etwa, ich habe keine Augen im Kopf? Ich habe genau gesehen, wie er dich angefasst hat. Lange hast du nicht gebraucht, mich zu vergessen. Tröstest dich mit dem Erstbesten."

„Ach, es stört dich, dass ich nicht zu Hause sitze und dir nachweine? Alexandre, ich bin Realistin, und du hast in Saint Rémy deine Ansichten ziemlich deutlich dargelegt."

„Trotzdem hast du dich reichlich schnell getröstet."

„Richard ist ein guter Freund, weiter nichts."

„Und was habt ihr beiden Freunde das verlängerte Wochenende über gemacht? Etwa geredet?"

„Auch, wenn du es nicht glaubst, genau das taten wir. Wir haben nämlich ziemlich viel gemeinsam." Christine wandte sich ab. „Und jetzt geh und lass mich allein. Ich habe dir nichts mehr zu sagen."

„Ich dir dafür umso mehr." Alexandre packte Christine blitzschnell am Arm und drehte sie zu sich herum. Er wirkte so bedrohlich, dass Christine Angst bekam. Sie versuchte sich loszumachen, doch er hielt sie fest. „Keine Bange, mein Schatz, ich werde dir nicht den Hals umdrehen, obwohl ich nicht übel Lust dazu hätte. Wenn du wüsstest, durch welche Hölle ich in den vergangenen sechs Wochen gegangen bin!"

„Hölle? Ich habe alles unternommen, um dir aus dem Wege zu gehen."

„Das hat mich ja so verrückt gemacht. Ich hoffte, ich könnte dich vergessen, wenn ich dich nicht mehr sehe. Stattdessen habe ich keine ruhige Minute mehr, weil ich nicht weiß, wo du bist und wie es dir geht."

Christine war sprachlos. Sollte ihr Plan etwa doch durchführbar sei?

„Ich kann nicht essen, ich kann deinetwegen keinen Schlaf finden", fuhr Alexandre fort, „und andere Frauen reizen mich nicht im Geringsten. Du hast gewonnen, Christine. Ich nehme deine Bedingung an. *Willst du mich heiraten?*"

Christine hielt den Atem an. Sie hatte das Unmögliche erreicht. Südfrankreichs hartnäckigster Junggeselle machte ihr einen Antrag.

„Habe ich mich verhört oder willst du mich wirklich zum Traualtar führen?" fragte sie vorsichtig.

„Soll ich es wiederholen, damit du deinen Sieg richtig auskosten kannst? Ja, Christine, ich bitte dich, meine Frau zu werden. Wenn du ablehnst, werde ich dir so lange die Hölle heiß machen, bis du kapitulierst."

„Einer so charmant vorgebrachten Werbung kann ich einfach nicht widerstehen", antwortete Christine trocken, doch dann rief sie sich zur Ordnung. Reagierte so eine verliebte junge Frau? Wenn sie jetzt nicht alles aufs Spiel setzen wollte, müsste sie wieder in die Rolle schlüpfen, die sie ihm so lange vorgespielt hatte. „Ja, Geliebter, ja", flüsterte sie. „Du brauchst mir nur zu sagen, wann."

Mit einem erstickten Laut zog Alexandre sie an sich. Er wirkte sehr erleichtert. Offenbar war er keineswegs sicher gewesen, ob sie seinen Antrag annehmen würde. Alexandres Worte bestätigten ihre Vermutung.

„Als ich vorhin sah, wie dieser Kerl dich zum Abschied küsste, hatte ich Angst, ich hätte zu lange gewartet."

Christine legte die Arme um seinen Nacken.

„Christine, süße Christine." Alexandre begann sie mit einer Wildheit zu küssen, die sie schwindelig machte. Ungeschickt fummelte er am Verschluss ihres Kleides, bis es zu Boden glitt, und sie nur mit einem hauchdünnen, seidenen Slip bekleidet vor ihm stand. Instinktiv wollte sie ihre Brüste bedecken, doch er nahm ihre Hände weg.

„Nicht", bat Alexandre heiser. „Kämpf heute Nacht nicht gegen mich." Wieder presste er sie an sich, bis sie sein unbändiges Verlangen spüren konnte. „Berühr mich", flüsterte er, „liebe mich."

Mitgerissen von seiner Leidenschaft, überließ sie sich den Emotionen.

„Ich begehre dich so sehr." Alexandre hob sie hoch und trug sie zur Couch. Dann begann er sich hastig zu entkleiden. Doch als Christine hörte, wie er den Reißverschluss seiner Hose öffnete, war sie ernüchtert. Ängstlich sprang sie auf. Hielt Alexandre sie für so naiv? War sein Heiratsantrag etwa nur ein Trick gewesen, sie ins Bett zu bekommen? Das würde sich sehr schnell feststellen lassen.

„Alexandre, ich kann es nicht!" rief Christine und griff nach ihrem Kleid, das auf dem Parkettfußboden lag. „Nicht, ehe wir verheiratet sind."

Er schaute sie fassungslos an. „Traust du mir etwa nicht, Christine?"

„Doch natürlich", verteidigte sie sich hastig und wurde rot.

„Lügnerin." Seltsamerweise klang es nicht ärgerlich, sondern eher zerknirscht. „Du tust mir unrecht. Wenn ich könnte, würde ich dich diese Nacht noch heiraten."

Christine war sich bewusst, dass Alexandre die Wahrheit sagte. „Es ... es tut mir leid, Alexandre. Nach allem, was du vorher zu mir gesagt hast, fällt es mir einfach schwer zu glauben, dass du mich liebst."

„Aber das tue ich ja gar nicht, und ich halte es für ehrlicher, dir nichts vorzumachen. Ich heirate dich, weil ich dich auf andere Weise nicht bekommen kann. Das heißt nicht, dass unsere Ehe nicht ebenso glücklich sein kann wie andere, wahrscheinlich sogar glücklicher. Abgesehen davon, dass ich verrückt nach dir bin, bewundere ich deinen Verstand, und fühle mich in deiner Gesellschaft mehr als wohl."

Christine dachte fieberhaft nach. Wie würde eine Frau, die ihn wirklich liebte, wohl auf diese Eröffnung reagieren?

„Nun?" fragte Alexandre und ließ sie nicht aus den Augen. Ein provozierendes Lächeln umspielte seine Lippen. „Du bist doch sonst nicht um Antworten verlegen."

„Das ist auch keine normale Situation."

„Vielleicht nicht. Es tut mir leid, dass ich dir nicht ewige Liebe schwören kann, aber mit einer Lüge möchte ich unsere Ehe nicht beginnen. Ich empfinde Zuneigung und Respekt für dich. Das ist keine schlechte Basis für ein gemeinsames Leben."

„Du kannst ziemlich überzeugend sein, Alexandre."

„Heißt das, du stimmst zu?"

Christine nickte. „Unter einer Bedingung. Versuch bitte nicht, mich vor der Hochzeitsnacht ins Bett zu bekommen."

„Wie wäre es mit der Couch oder dem Fußboden?"

„Du solltest keine Witze darüber machen!" Christine blieb ernst.

„Na gut", erwiderte Alexandre versöhnlich, „ich werde mich deinen Forderungen beugen. Aber um meiner Mandanten und deiner Kunden willen sollten wir den Termin bald festlegen." Liebevoll zog er Christine wieder an sich. „Enthaltsamkeit macht mich nicht unbedingt liebenswürdiger. Außerdem wirkt sie sich sehr nachteilig auf die Konzentrationsfähigkeit aus."

„Schlafmangel auch", bemerkte Christine. „Weißt du eigentlich, wie spät es schon ist?"

„Wahrscheinlich wird es bald hell. Aber gib mir wenigstens noch einen Kuss, ehe du mich hinauswirfst." Liebevoll und zärtlich streichelte er ihre Wangen. „Bis morgen, mein innigstgeliebter Schatz. Wenn du keine Termine hast, könnten wir ins Rathaus gehen und das Aufgebot bestellen. Nach dem Mittagessen werden wir uns dann um die Ringe kümmern."

„Du verlierst keine Zeit, wie? Oder hast du womöglich Angst, dass ich es mir noch überlege?"

„Ich bestimmt nicht." Er setzte sein schönstes Lächeln auf. „Ich habe viel nachzuholen, Christine." Nach einem letzten Kuss verabschiedete Alexandre sich widerstrebend.

Christine löschte das Licht und ging ins Schlafzimmer. Sie konnte nicht verstehen, warum das Triumphgefühl plötzlich verflogen und sie so niedergeschlagen war. Sie hatte doch ihr Ziel erreicht. Vielleicht war es sogar ein kleiner Vorteil, dass sich Alexandre nicht in sie verliebt hatte. Wenigstens musste sie dann kein schlechtes Gewissen haben, wenn sie ihn verließ.

## 6. KAPITEL

Selbst Christine, die an den Starkult der Côte d'Azur gewöhnt war, überraschte es, wie viel Aufsehen die Nachricht von Alexandre de Rocheforts bevorstehender Hochzeit erregte. Unablässig riefen Journalisten bei ihr und bei Alexandre an und baten um Interviews. Wo auch immer sie hingingen, wurden sie von einem Schwarm neugieriger Fotografen verfolgt.

Diese plötzliche Berühmtheit behagte Christine ganz und gar nicht. Den guten Namen, den sie in der Architekturbranche besaß, hatte sie sich über Jahre hinweg hart erarbeitet, und darauf war sie stolz. Doch plötzlich im Scheinwerferlicht zu stehen, nur weil sie den bekanntesten

Scheidungsanwalt in Frankreich heiraten würde, gefiel ihr absolut gar nicht.

„Du überraschst mich immer wieder", sagte Alexandre, als Christine sich bei ihm beschwerte. „Die meisten Frauen, die ich zu meinem Bekanntenkreis zähle, würden wer weiß was dafür geben, ihr Bild auf der Titelseite eines Klatschblattes zu sehen."

„Die meisten Frauen aus deinem Bekanntenkreis, haben doch auch nichts anderes im Kopf, als sich einen reichen Mann zu angeln."

„Sie haben nur die Absicht, das Beste aus dem zu machen, was ihnen die Natur mitgegeben hat. Gewiss tun wir das alle."

Christine schaute ihn vorwurfsvoll an. „Ich sollte mich besser nicht mit einem kampferprobten Anwalt auf Diskussionen einlassen."

„Heißt das etwa, du willst dich in Zukunft zur Jasagerin entwickeln?"

„Wäre dir das lieber?"

„Um Himmels willen! Heimchen am Herd langweilen mich zu Tode. Ich will eine Frau, die mir die Meinung sagt."

„Tatsache ist aber doch, dass die meisten Männer das Zepter nicht aus der Hand geben wollen, auch wenn sie nach außen hin noch so sehr für Gleichberechtigung eintreten."

„Ich bin aber nicht wie die meisten anderen Männer", widersprach Alexandre freundlich. „Ich setze meine Theorien auch in die Tat um."

„So? Wie viele weibliche Teilhaber hast du denn in deiner Kanzlei?"

„Nicht so viele wie ich gern hätte."

„Du weichst mir aus."

„Ganz und gar nicht. Es bewerben sich nur nicht viele Frauen, die sich auf Scheidungsrecht spezialisieren wollen."

„Und du würdest einer Frau die gleichen Chancen einräumen, wie einem Mann?"

„Warum sollte ich das nicht tun?"

„Du hast die typische Angewohnheit der meisten Anwälte, eine Frage mit einer Gegenfrage zu beantworten."

Alexandre freute sich über Christines Einwand. „Diese Taktik ist besonders nützlich, wenn man keine passende Antwort parat hat."

„Ich werde daran denken", sagte sie und sah auf die Uhr. „Aber jetzt muss ich mich beeilen. Ich habe einen Termin."

Als sie Alexandres skeptischen Blick sah, schlug sie vor: „Wenn du willst, kannst du gern mitkommen. Der Termin findet nämlich in deinem Haus statt."

„In unserem Haus", korrigierte Alexandre und schmunzelte. „Ich glaube, ich nehme deine Einladung an."

„Gut. Du wirst überrascht sein, was sich alles getan hat, seit du zuletzt dort warst."

Alexandre wirkte verlegen. „Jetzt hast du mich ertappt. Ich kann nämlich gar nicht mit. Um zwei habe ich einen Gerichtstermin."

Christine wusste nicht, ob sie belustigt oder verärgert sein sollte. „Du bist der misstrauischste Mann, den ich kenne."

„Nicht misstrauisch, nur eifersüchtig."

„Wie schade. Ich dachte schon, du wärst vollkommen."

„Das stimmt ja auch beinahe", antwortete Alexandre ernsthaft. „Ich arbeite verdammt hart, bin nett zu alten Damen und Hunden und habe vor allem eine Engelsgeduld mit meiner Verlobten."

Christine ahnte sofort, worauf er anspielte und wurde verlegen. Seit seinem nächtlichen Besuch hatte sich Alexandre ihr gegenüber wie ein Bruder verhalten. Er war derart rücksichtsvoll, dass Christine manchmal wünschte, er würde seine eiserne Selbstbeherrschung hin und wieder verlieren. Sie hatte nie geleugnet, dass sie ihn körperlich sehr attraktiv und anziehend fand, und je öfter sie mit ihm zusammen war, desto stärker fühlte sie sich zu ihm hingezogen. Doch diese Schwäche konnte ihren Plan gefährden.

„Wenn deine Geduld bis zur Hochzeit vorhält, bekommst du einen Orden für besonders gutes Betragen", versprach Christine scherzhaft.

„Hoffentlich bleibt es nicht dabei. Ich möchte meine Flitterwochen ungern unter der kalten Dusche verbringen."

„Nicht einmal, wenn wir zusammen darunterstehen?" fragte Christine gewagt.

Mit gespieltem Entsetzen hob Alexandre abwehrend die Hände.

„Mademoiselle Rousseau, wollen Sie mich ins Verderben stürzen?"

„Der äußere Schein trügt eben manchmal, Maître de Rochefort."

„Ich freue mich schon auf den Moment, wenn du den Beweis antrittst. Wie wäre es denn jetzt?"

„Da hätte die Geschäftsführung vermutlich etwas dagegen. Wir könnten die anderen Gäste vom Essen abhalten."

Alexandre lachte schallend, bis sich tatsächlich einige Gäste im Bistro nach ihm umdrehten. „Heißt das, du lehnst es immer noch ab, mit mir ins Bett zu gehen?"

Christine nickte bestätigend und erhob sich. „Wann soll ich heute Abend fertig sein?"

„Gegen sieben. Da wir die Ehrengäste sind, möchte Paul Mateau, dass wir vor den anderen eintreffen."

Alexandre hatte einen großen Freundeskreis, der miteinander wetteiferte, wer für das junge Paar die aufwendigste Party veranstaltete.

„Dann sollte ich vermutlich etwas Langes, Schillerndes anziehen?" überlegte Christine laut.

„Unbedingt. Nach allem, was ich gehört habe, wird die halbe Hautevolee anwesend sein."


Doch als Christine am Abend vor dem Kleiderschrank stand, kamen ihr Zweifel. Mit Frauen, die ein Vermögen für ein einziges Kleid ausgaben, konnte und wollte sie nicht mithalten. Das nachtschwarze Seidenkleid, für das sie sich schließlich entschied, entsprach dem Stil der Charleston-Zeit der zwanziger Jahre. Das Tiefgeschnittene Oberteil lag eng an und wurde nur durch hauchdünne, im Rücken gekreuzte Träger gehalten. Das Haar steckte Christine hoch und band um die Stirn ein schwarzes, mit winzigen Perlen aufwendig besticktes Seidenband. Auch ihr schlichtes Make-up entsprach der Mode jener Zeit. Sie hatte den Mund mit dunkelrotem Lippenstift betont und dunkel glänzenden Lidschatten aufgetragen.

Kritisch betrachte sich Christine im Spiegel. Dann holte sie die lange, dreireihige Perlenkette heraus, die sie von Arthur zum Examensabschluss bekommen hatte. Als Christine sie jetzt in der Hand hielt, wurde die Erinnerung an ihren Stiefvater mit einemmal wieder so lebendig, dass ihr die Tränen in die Augen stiegen.

Es war gut, dass die Vergangenheit sie wieder eingeholt hatte, denn Christine hatte ihre Abneigung Alexandre gegenüber in den vergangenen Wochen beinahe vergessen. Es ließ sich nicht leugnen, dass nicht nur sein Äußeres, sondern vor allem seine Persönlichkeit sie immer mehr faszinierten, und sie dachte schon jetzt manchmal beklommen daran, wie sie sich wieder aus dem Netz von echten und gespielten Gefühlen befreien sollte, wenn die Zeit gekommen war, ihn zu verlassen.

Das Telefon läutete fünfmal – Christines verabredetes Zeichen mit Alexandre. Christine griff nach ihrer Handtasche, warf sich eine Federboa über die Schulter und eilte nach unten. Ihr unbeschwertes Äußeres ließ niemanden etwas von den düsteren Gedanken ahnen, die sie sich machte.

Alexandre wartete neben seiner Limousine und sah in seinem Smoking umwerfend aus.

Seiner Miene nach zu schließen, hatte sie die gleiche Wirkung auf ihn, aber im Gegensatz zu ihr sprach er es aus:

„Liebling, du bist atemberaubend schön. Wie soll ein Mann da nicht in Verzweiflung geraten?"

„Dann gefällt dir mein Kleid also?" fragte sie unschuldig.

„Vor allem das, was drinsteckt, hat es mir angetan. Alle anderen Frauen auf der Party werden vor Neid erblassen."

„Das bezweifle ich aber stark."

„Nur keine falsche Bescheidenheit. Du weißt, wie schön du bist", sagte Alexandre bestimmt und startete den Motor.

„Wie gefällt dir übrigens mein Smoking? Ich habe ihn in Mailand anfertigen lassen."

„Hm, ganz nett."

„Was, ist das etwa alles? Mehr Begeisterung kannst du nicht zeigen?"

„Doch, aber du bist schon eitel genug."

„Wenn ich noch länger mit dir zu tun habe, wird es damit bald vorbei sein", prophezeite Alexandre. „Du hast eine besondere Gabe, mich zu verunsichern." Obwohl Alexandre im Scherz sprach, bemerkte sie den ernsten Unterton.

„Es tut mir leid, Liebling", lenkte sie ein. „Ich dachte, es wäre einfacher für dich, wenn ich dich nicht mit Komplimenten überhäufe."

„Das ist zwar gut gemeint, aber übertreibst du da nicht ein wenig? Oft habe ich das Gefühl, einen Kübel voll Eiswasser über den Kopf zu bekommen."

Liebevoll strich Christine Alexandre über die Wange. „Die Wartezeit ist für uns beide nicht leicht, Alexandre, aber jetzt sind es ja nur noch zwei Wochen."

Ihre Anspielung auf den Hochzeitstermin heiterte ihn sichtlich auf. „Wenn du wüsstest, wie ich die Tage zähle! Erst neulich habe ich geträumt, dich mit mehreren Kindern unter dem großen Baum hinter unserem Haus sitzen zu sehen."

Christine drehte nervös an ihrem Verlobungsring. Es war ein tränenförmiger Diamant, der Alexandre ein Vermögen gekostet haben musste.

„Du willst Kinder?" fragte Christine unsicher.

„Ja, und nicht nur das."

„Was denn noch?" fragte sie unsicher.

„Das sage ich dir, wenn wir verheiratet sind."

„Warum nicht jetzt? Was soll die Geheimniskrämerei?"

Doch Alexandre schüttelte nur den Kopf, und Christines Neugier wuchs.

„Gib mir wenigstens einen Anhaltspunkt. Ich verspreche auch, nicht enttäuscht zu sein, wenn nichts daraus wird."

Alexandre lachte. „So ein unhaltbares Versprechen kann nur eine Frau geben."

„Weißt du nicht, dass eine Frau, deren Neugier einmal geweckt ist, keine Ruhe gibt, bis sie das Geheimnis ergründet hat? Deine Hinhaltetaktik ist reine Barbarei."

„Dann verklage mich doch."

„Kannst du mir einen guten bezahlbaren Anwalt empfehlen?"

„Ich kenne einen, der sein Honorar auch in Naturalien nimmt."

„Wie unehrenhaft!"

„Für dich würde ich mich sogar aus der Anwaltschaft ausschließen lassen. Schließlich können wir auch von deinen Einkünften ganz gut leben."

„Aber nicht in einer schlossartigen Villa, für fast fünf Millionen Euro. Dann müssten wir schon mit meiner Wohnung vorlieb nehmen."

Am Tor zu der luxuriösen Landhausvilla der Mateaus, kontrollierte ein Sicherheitsbeamter ihre Einladungen und wies ihnen einen Parkplatz an.

„Trotzdem werde ich es dir erst erzählen, wenn ich soweit bin", nahm Alexandre das Thema wieder auf. In seinen Augen lag ein Ausdruck, den Christine nicht zu deuten vermochte.

„Alexandre de Rochefort, du bist unmöglich."

„Du bist anbetungswürdig. Hoffentlich werden die Mädchen alle so wie du." Alexandre ergriff nonchalant Christines Hand und führte sie zum Haus. Von drinnen drangen die Klänge eines Orchesters an ihr Ohr.

„Das klingt ja beinahe wie das Johann Strauß Orchester ", meinte Christine aufgeregt.

„Erraten, mein Schatz, aber die spielen nur zur Vorspeise auf."

Christine hatte Alexandres Bemerkung für einen Scherz gehalten, doch nach dem Orchester spielten tatsächlich vier weitere, nicht minder berühmte Orchester.

„Jetzt fehlt nur noch Mario Lanza", meinte ein Schauspieler, der Christine zum Tanzen aufgefordert hatte. Christines Tanzpartner übertrieb nicht. Champagner gab es reichlich, ebenso wie russischen Kaviar, Hummer, Gänseleberpastete und Wildgerichte sowie eine Auswahl der besten Weine Frankreichs.

Trotzdem bedauerte Christine es nicht, dass sie sich in dieser Glitzerwelt nicht lange aufhalten würde. Sie hatte nichts gemeinsam mit den verwöhnten Frauen, die gegenseitig ihren Schmuck taxierten, und deren Männer, die außer Geld, Yachten und Autos keine anderen Gesprächsthemen kannten. Doch Christine behielt selbstverständlich ihre Meinung für sich, denn Alexandre schien sich in dieser Gesellschaft wohl zu fühlen. Außerdem war es offensichtlich, dass diese Leute ihn außerordentlich schätzten.

„Warum so nachdenklich?" fragte Alexandre besorgt, als Christine sich für ein paar Minuten in einem mit Wein und tropischen Blumen berankten Pavillon unweit des Schwimmbads ausruhte.

„Ich dachte gerade an unsere Hochzeit. Verglichen mit diesem Aufwand, wird sie ziemlich einfach ausfallen."

„Wir waren uns doch einig, dass es nur eine kleine Feier werden soll. Wenn du aber lieber eine große Hochzeit möchtest..."

Sein rasches Einlenken überraschte Christine. „Nein, Alexandre, so habe ich es nicht gemeint. Ich frage mich nur, ob deine Freunde nicht enttäuscht sein werden."

„Ich heirate dich, nicht meine Freunde, und deshalb zählt nur das, was du willst."

„Hier seid ihr Turteltauben also!" Vor Christine und Alexandre stand ihr Gastgeber mit seiner vierten Frau. Paul Mateau war Mitte Sechzig, seine Frau über dreißig Jahre jünger und sehr attraktiv. „Ihr macht doch nicht etwa schon schlapp? Die Party fängt gerade erst richtig an."

„Nicht jeder hat eine solche Kondition wie du", sagte Alexandre lachend.

„Heißt das etwa, du willst nicht mit mir tanzen?" schmollte Vanessa Mateau. „Den ganzen Abend habe ich mich schon darauf gefreut."

„Dann kann ich dich natürlich nicht enttäuschen", antwortete Alexandre und stand auf. „Darf ich bitten, Gnädigste?"

Paul führte Christine auf die Tanzfläche, und es dauerte fast zwei Stunden, ehe sie und Alexandre sich wieder trafen.

„Glaubst du, wir können bald aufbrechen?" fragte Christine erschöpft. „Ich bin schrecklich müde."

„Ich auch, aber ein wenig müssen wir noch ausharren. Es wäre unhöflich, schon vor Mitternacht zu gehen."

Christine gab nach, obwohl sie sich vor Müdigkeit kaum noch auf den Beinen halten konnte.

„Sehen wir uns noch einmal vor dem großen Tag?" fragte Paul Alexandre, als sie sich endlich verabschiedeten.

„Versprechen kann ich es nicht."

„Warum gehen wir beide nicht einmal zusammen zum Mittagessen?" fragte Vanessa Christine.

„Schrecklich gern", log Christine, „aber ich glaube kaum, dass ich es vor der Hochzeit noch schaffe. Es gibt schrecklich viel zu tun. Wenn ich mit der Arbeit nicht fertig werde, muss Alexandre alleine in die Flitterwochen fahren."

Vanessa blickte Christine verständnislos an. „Sie wollen doch nicht etwa nach der Hochzeit weiterarbeiten? Warum machen sie sich nicht ein schönes, ruhiges Leben."

„Das eine schließt das andere nicht aus. Ich arbeite nämlich gern."

„Hat Alexandre nichts dagegen, wenn Sie oft unterwegs sind?"

„Das würde ihm auch nichts helfen. Er weiß schließlich, dass er eine berufstätige Frau heiratet."

„Alexandre hat schon erwähnt, dass Sie es meisterhaft verstehen, Ihren Willen durchzusetzen", sagte Vanessa bewundernd.

Christine lachte. „Das muss ausgerechnet er sagen."

„Ich finde, Auseinandersetzungen sind gut für eine Beziehung, weil man dabei den Charakter und die inneren Werte eines Menschen am allerbesten kennen lernt."

Christine war verblüfft und zeigte es auch. Vanessa lächelte verschwörerisch. „Ich bin nicht ganz so naiv, wie ich vielleicht aussehe. Paul sieht mich als kleines hilfloses Frauchen, also tue ich ihm den Gefallen und spiele mit. Er weiß ja nicht, dass ich ein Diplom in Psychologie besitze, und Sie dürfen es ihm auf keinen Fall erzählen."

„Ich verspreche es. Aber warum soll er es nicht erfahren? Er wäre doch bestimmt stolz auf Sie."

„Das bezweifle ich. Er war nämlich nie auf der Universität und noch nicht einmal einen Schulabschluss und hat deswegen einen kleinen Komplex."

„Stört es Sie nicht, ihr Licht unter den Scheffel stellen zu müssen?"

„Nicht, wenn es meine Ehe rettet. Trotzdem hoffe ich, dass wir Freundinnen werden können, Christine. Es wäre schön, jemanden zu haben, bei dem ich ganz ich selbst sein kann."

Christine empfand Mitleid mit Vanessa.

„Wir treffen uns, sobald ich aus den Flitterwochen zurück bin", versprach Christine. „Vorher schaffe ich es beim besten Willen nicht mehr."

Auf der Heimfahrt erzählte sie Alexandre von dieser seltsamen Unterhaltung. „Hast du gewusst, dass Vanessa einen akademischen Titel besitzt?"

„Nicht gewusst, aber geahnt. Ich habe schon mit zu vielen Frauen zu tun gehabt, um nicht zu erkennen, wann eine nur die Naive spielt."

„Aber Paul ist doch nicht dumm. Wieso hat er es nicht erraten?"

„Liebe macht eben blind."

Christine lachte. „Vielleicht ist das der Grund, warum ich dich für vollkommen halte."

„Das tut sonst nur mein Vater."

„Da du ihn gerade erwähnst – wann kommt er eigentlich?"

Monsieur de Rochefort hatte Christine auf die Verlobungsanzeige hin einen reizenden Brief geschrieben und versprochen, sie noch vor der Hochzeit für einige Tage zu besuchen."

„Meine Güte, das habe ich ganz vergessen. Er hat heute Morgen angerufen und gesagt, dass er leider nicht zur Hochzeit kommen kann. Er fliegt morgen früh nach Neukaledonien. Sandra ist gestürzt und fürchtet, das Baby zu verlieren." Alexandres Schwester war mit einem Geologen verheiratet und lebte seit vielen Jahren dort. Nachdem sie bereits zwei Kinder großgezogen hatte, war sie mit zweiundvierzig überraschend erneut schwanger geworden. „Sie hat unseren Vater gebeten, bei ihr zu bleiben, bis das Schlimmste vorüber ist."

Insgeheim war Christine erleichtert, Alexandres Vater nicht gegenüber treten zu müssen. Vor seinen Freunden, die verliebte Frau zu spielen war eine Sache, doch ein Vater ließ sich nicht so einfach täuschen.

„Es tut mir leid, dass er nicht kommt", log Christine. „Ich habe mich so darauf gefreut, ihn endlich einmal kennen zu lernen."

„Er ist auch sehr enttäuscht, dass er die Hochzeit seines Jüngsten nicht miterleben kann. Wahrscheinlich hatte er die

Hoffnung bereits aufgegeben, dass ich jemals heiraten würde." Alexandre hielt vor Christines Haus.

„Ich werde ihm gleich morgen schreiben. Da ich damit gerechnet habe, ihn bald zu sehen, habe ich seinen Brief nämlich nicht beantwortet."

„Ruf mich morgen im Büro an, damit ich dir Sandras Adresse geben kann. Auf mein Gedächtnis ist zurzeit leider kein Verlass."

„Hauptsache, du vergisst deine eigene Hochzeit nicht."

„Dieses Datum ist in meinem Herzen und meiner Seele eingebrannt", sagte Alexandre feierlich. „Schließlich handelt es sich um den wichtigsten Tag in meinem Leben."

## 7. KAPITEL

Obwohl Christine dem Hochzeitstag mit Bangen entgegengesehen hatte, wurde sie zu ihrer eigenen Überraschung bald von Alexandres Hochstimmung angesteckt. Nicht einmal die vielen Reporter, Fotografen und Zuschauer, die vor dem Rathaus auf das Paar warteten und ein reibungsloses Durchkommen fast unmöglich machten, konnten Alexandres strahlende Laune trüben.

Später, beim Hochzeitsempfang, wich Alexandre nicht von Christines Seite. Meistens hatte er sogar den Arm um ihre Taille gelegt. Seine Berührung war beunruhigend und erregend zugleich, und Christine dachte beklommen an die bevorstehende Hochzeitsnacht.

„Glücklich?" fragte Alexandre leise, als sie die große sechsstöckige Hochzeitstorte anschnitten.

„Sehr", flüsterte Christine zurück. „Ich habe nur Angst, dass ich plötzlich aufwache und alles nur ein wunderschöner Traum war."

„Du siehst wie ein Traum aus. Oder habe ich dir das schon gesagt?"

„In den letzten zwei Minuten nicht."

Am Abend bestiegen Alexandre und Christine ein Flugzeug nach Florenz. Der Spätherbst war zwar nicht unbedingt ideal, um nach Italien zu reisen, doch Christine hatte Alexandres Vorschlag, die Flitterwochen auf den Malediven zu verbringen, mit dem Hinweis widersprochen, sie wolle in Italien nach antiken Einrichtungsgegenständen für ihr Haus stöbern. In Wahrheit fand Christine, dass Nächte unter tropischer Sonne nur für echte Liebespaare geeignet waren, nicht aber für solche, die sich nur den Anschein gaben.

Alexandre zeigte sich anfangs nicht sonderlich begeistert.
„In Möbelgeschäften herumzustöbern betrachte ich als nicht sehr romantisch", hatte er sich bei Christine beklagt, aber als sie ihn entwaffnend anlächelte war er still geworden.

„Ich weiß, Liebling, aber ich möchte die Sachen für unser Heim lieber persönlich aussuchen. Ich verspreche dir, dass es nicht lange dauern wird, dann können wir nach Venedig weiterfahren. Ich habe gehört, es soll die schönste Stadt der Welt sein."

„Du wirst nicht enttäuscht sein. Übrigens, was hältst du davon, auf der Rückreise in Rom Station zu machen?" schlug Alexandre vor.

„Hast du denn überhaupt soviel Zeit? Ich dachte, du bereitest einen großen Fall vor."

„Das stimmt auch." Alexandre wies auf seinen Aktenkoffer. „Ich hoffe, dass ich mich hin und wieder lange genug von dir losreißen kann, um einige Papiere durchzuarbeiten."

Christine wusste sofort, worauf er anspielte, und ihre Wangen röteten sich.

Alexandre küsste sie. „Ich liebe es, wenn dir die Röte ins Gesicht steigt."

„Du machst dich nur über mich lustig."

„Aber nein, Liebling. Ich finde deine Unschuld sehr reizvoll. Es wird mir Freude bereiten, dich in die Geheimnisse der Liebe einzuweihen."

„Ich dachte, du liebst mich nicht?"

„Das ist doch Haarspalterei", beschwerte sich Alexandre.

„Du weißt sehr gut, wovon ich spreche."

„Ja. Aber ist es nicht reichlich spät für Zweifel? Jetzt sind wir verheiratet."

„Würdest du deine Rechte auch mit Gewalt durchsetzen?" fragte Christine plötzlich ängstlich.

Der Gedanke war Alexandre offenbar wohl noch nie gekommen, und er verneinte. „Natürlich nicht. Es ist sehr unbefriedigend, mit einer kalten, leblosen Marmorstatue zu schlafen." Er ergriff ihre Hand. Sie war eiskalt. „Liebling, ich bin mir zwar nicht sicher, worauf du hinauswillst, aber du brauchst keine Angst vor mir zu haben. Es ist doch ganz natürlich, dass du nervös bist.

„Das ist es nicht allein. Ich habe Angst davor, mit einem Mann zu schlafen, der mich nicht liebt."

„Es gibt verschiedene Arten von Liebe, Christine", sagte Alexandre geduldig, und sie wusste, dass sie mit ihrer Verzweiflungstaktik nichts erreichen würde. „Und wenn ich an deine Reaktion auf meine Zärtlichkeit in Saint Rémy zurückdenke, glaube ich keinesfalls, dass wir Probleme haben werden."

Insgeheim teilte Christine Alexandres Meinung. Es war auch nur eine schwache Hoffnung gewesen, dass er vielleicht großmütig auf seine ehelichen Rechte verzichten würde.

Bei der Landung in Florenz schien die Sonne.

„Na, was sagst du dazu?" fragte Alexandre gespannt, als sie endlich nach der Taxifahrt in der Prinzensuite des noblen Sheraton-Hotels standen. Der Page hatte gerade diskret die Tür hinter sich geschlossen, und Christine blickte fasziniert auf ein Blumenmeer.

Gespielt gleichgültig zuckte sie mit den Schultern. „Doch, es ist ganz nett." Alexandre starrte Christine fassungslos an, und sie konnte nicht länger ernst bleiben. „Mach nicht so ein erschrockenes Gesicht. Natürlich bin ich überwältigt."

„Ich hatte schon Angst, die Suite wäre dir zu protzig."

„Ein paar Tage im Luxus werden meinen Charakter schon nicht verderben." Sie sah sich in den antik eingerichteten Raum um.

„Wohnst du immer hier, wenn du in Florenz bist?" fragte Christine neugierig. Aufgrund mehrerer Prozesse, die er hier geführt hatte, war Alexandre ein Kenner der Stadt und der Toskana.

„Nicht in dieser Suite. Meine Reisen ergeben sich meistens kurzfristig, und ich muss mit dem Zimmer zufrieden sein, das gerade frei ist. Dieses Mal habe ich allerdings Himmel und Hölle in Bewegung gesetzt, um die Prinzensuite zu bekommen." Er ging zur Bar, entledigte sich seines Jacketts, und nahm eine Flasche Champagner aus dem Eiskübel. „Darf ich dir auch etwas anbieten, Liebling?"

„Erst würde ich gerne duschen und mich etwas vom Flug und den Strapazen der letzten Tage ausruhen." Christine gähnte verstohlen.

„Im Gegensatz zu dir konnte ich im Flugzeug nicht schlafen."

„Eine Dusche klingt verlockend. Ich glaube, ich werde mich dir anschließen?"

Christine sah auf die Uhr. „Wann wollen wir denn essen?" Nicht, dass sie Hunger hatte. Ebenso wie die heiße Dusche, gehörte auch diese Frage zu ihrer Verzögerungstaktik.

„Wann immer du willst. Doch um ehrlich zu sein, ich habe nur auf eines Appetit – auf dich."

„Ich... möchtest du nicht lieber warten, bis...“

„Aber Liebling“, unterbrach Alexandre sie sanft. „Ich habe jetzt schon solange auf dich gewartet, da kann ich es auch noch aushalten, bis du in aller Ruhe gegessen und dich etwas erholt hast. Worauf hast du denn am meisten Appetit?“

„Auf Wild. Suchst du mir etwas aus?“

Christine ließ Alexandre den Vortritt im Bad, damit sie Zeit hatte, um in Ruhe auszupacken und ihre Kostüme aufzuhängen. Kurz entschlossen öffnete sie dann seine Koffer und sortierte den Inhalt in Kommoden und Schränke. Sie war gerade damit fertig, als er wieder hereinkam.

Alexandres Haar war noch feucht vom Duschen, und er hatte plötzlich gar nichts mehr mit dem Hartgesottenen Scheidungsanwalt gemein, den sie vor fast zwei Jahren bei Arthurs Scheidung zum ersten Mal gesehen hatte. Alexandre trug einen kurzen grauen Bademantel, und Christine musste sich zwingen, nicht wegzusehen.

„Ich habe deine Sachen ausgepackt“, sagte Christine nervös.

„Vielen Dank, das ist lieb von dir." Alexandre schaute sich im Raum um. „Wie ich sehe, bist du ebenso ordentlich veranlagt wie ich."

Im Bad wartete Christine, solange, bis das Wasser der Dusche angenehm warm war, ehe sie sich auszog. Doch ihre Sorgen waren vollkommen unbegründet. Alexandre kam nicht herein. Christine blieb, solange unter der Dusche, bis sie zu frösteln begann.

Mit zittrigen Händen trocknete sie sich ab und zog ein seidenes Negligé über. Unter dem hauchdünnen Stoff zeichneten sich die wohlgeformten Konturen ihres Körpers deutlich ab. Einen Moment überlegte sie, ihren Frotteebademantel überzustreifen, doch dann nahm sie all ihren Mut zusammen und ging, so wie sie war, ins Schlafzimmer.

Wie sie sogleich feststellte, hatte Alexandre keine Zeit verloren. Die Deckenbeleuchtung war ausgeschaltet, und nur die Stehlampen verbreiteten sanftes Licht. Christine hörte leise Musik im Hintergrund. Es war eine Oper von Puccini. Alexandre lehnte an der Bar und betrachtete seine Braut mit Wohlgefallen. Zu einem Pyjama aus rubinroter Seide mit mehreren dunklen Streifen trug er einen passenden Morgenmantel.

Christine räusperte sich. „Jetzt hätte ich gerne ein Glas Champagner." Hoffentlich merkte er nicht, wie ihre Stimme zitterte.

„Dein Wunsch ist mir Befehl, Liebste." Alexandre entkorkte die Flasche und füllte zwei Kelche.

„Ich trinke auf uns beide und auf den Anfang eines wunderbaren, Lebens." Er stieß mit ihr an. „Hoffentlich war das nicht zu banal."

„Banalitäten und Klischees sind oft die beste Art und Weise, sich auszudrücken."

„Es freut mich, dass du das sagst. Vor dir steht nämlich ein Meister des Klischees. Vor Gericht verwende ich sie ständig."

Ja, ich weiß, hätte Christine beinahe gesagt, doch sie konnte die Worte gerade noch zurückhalten.

Die Ankunft des Etagenkellners mit dem Abendessen empfand Christine als eine willkommene Unterbrechung.

Das Essen duftete köstlich, doch als die gebratene Rehkeule auf Christines Teller lag, hatte sie plötzlich keinen Appetit mehr und musste sich zu jedem ihrer Bissen zwingen.

Alexandre hingegen speiste mit sichtlichem Vergnügen. Dabei erzählte er von amüsanten Begebenheiten, die sich auf seinen vielen Reisen zugetragen hatten. Falls er sie damit von der kommenden Nacht ablenken wollte, hatte er wenig Erfolg, denn immer wieder wurde ihr Blick magisch von dem breiten französischem Doppelbett angezogen, dessen Decke bereits einladend zurückgeschlagen war.

„Möchtest du lieber etwas anderes?" fragte Alexandre beim Dessert, als er bemerkte, dass sie das wohlschmeckende Früchte-Sorbet kaum anrührte.

„Nein, lieb von dir, aber ich bin satt."

„Wie wäre es dann mit etwas körperlicher Betätigung? Nicht was du denkst, Christine. Ich wollte nur vorschlagen, dass wir tanzen."

„Warum nicht?" Armer Alexandre, dachte sie, er versucht wirklich alles, damit ich mich entspanne. Bestimmt bin ich die erste Frau, die nicht aus freien Stücken in sein Bett kommt.

Obwohl Christine keineswegs damit gerechnet hatte, löste die Musik ihre innere Angespanntheit tatsächlich. Sie legte den Kopf an Alexandre und überließ sich ganz dem Rhythmus.

„So ist es besser", flüsterte dieser und zog sie dicht an sich.

Christine spürte die wohltuende Wärme seines Körpers und sog seinen Geruch ein, der durch den Duft des herben

Rasierwassers nur schwach überdeckt wurde. Als Alexandre sie wild und voller Leidenschaft zu küssen begann, überließ sie sich dem Gefühl mit einer Hingabe, die alle guten Vorsätze zunichte machte.

Lange standen sie engumschlungen, bis ihr die Beine versagten.

Alexandre hob sie hoch und trug sie ins Schlafzimmer. Das zarte Negligé glitt mit leisem Rascheln zu Boden, und dann lag sie nackt in seinen starken Armen. Behutsam legte er sie aufs Bett und sah fasziniert auf sie hinunter. Dann zog Alexandre Hose und Hemd aus und legte sich neben sie. Während die Wirklichkeit um Christine herum versank, erforschte er ihren Körper mit Händen und Lippen, bis sie das Gefühl hatte, vom Fieber der Leidenschaft verzehrt zu werden. Zusammen tauchten sie in eine Welt ein, in der Zeit keine Bedeutung mehr hatte.

Christines Verlangen nach ihrem Gatten war schier unersättlich. Jedes Mal, wenn sie miteinander schliefen, war es noch leidenschaftlicher und erregender als zuvor. Er war ein wunderbarer Liebhaber, der immer darauf wartete, bis seine Frau den Höhepunkt erreicht hatte, ehe er seinen eigenen Hunger stillte.

Zwei- oder dreimal meldete sich ihr Gewissen, und erinnerte sie wieder an ihren heimtückischen Plan. Dann nahm sie sich fest vor, seine Zärtlichkeiten nur noch zu dulden. Doch Alexandre brauchte sie nur anzusehen, geschweige denn zu berühren, um ihre Leidenschaft von neuem anzufachen, und Christine war nichts mehr wichtig, außer dem Bedürfnis ihn in sich zu spüren.

Die Tage in Florenz vergingen wie im Flug. Tagsüber bummelten sie durch die Stadt, abends gingen sie in die Oper oder trafen sich mit Freunden von Alexandre. Obwohl Christine Florenz gut kannte, verging nie ein Tag, ohne dass Alexandre ihr etwas Neues zeigte, und durch seine Gegenwart erschienen ihr selbst bekannte Stätten in einem völlig anderen Licht.

Am Tag vor der Abreise durchstöberten beide, eines der bekanntesten Kaufhäuser Florenz.

„Ich brauche Make-up", sagte Christine, als sie die große Haupthalle betraten. „Warum gehst du denn nicht schon voraus in die Porzellanabteilung, und ich komme dann nach?"

„Ist gut. Bis gleich, mein Schatz." Ehe sich Alexandre abwandte, küsste er sie noch rasch auf die Wange.

Christine sah ihm nach, bis Alexandre in der Menge verschwunden war, ehe sie den Hinweistafeln zur Parfümerie folgte. Auf dem Weg dorthin kam sie an einem Stand mit Seidentüchern vorbei und entschloss sich, eines für ihre Sekretärin zu kaufen. Mit dem Geschenk in der Tasche wollte sie weitergehen, als plötzlich jemand ihren Arm ergriff. Vor ihr stand Evelyne.

„Nein, so was! Die Welt ist wirklich ein Dorf", rief Arthurs Exfrau. „Bist du auf Urlaub hier?"

„Nein, auf Hochzeitsreise."

„Tatsächlich? Wer ist denn der Glückliche?" wusste Evelyne es wirklich nicht, oder heuchelte sie nur, weil sie Christine in Verlegenheit bringen wollte?

„Alexandre!" Anscheinend war Evelynes Unwissenheit, doch nicht gespielt gewesen. „Ich kann es nicht glauben?"

„Warum denn nicht? Du hast doch gewusst, dass wir befreundet waren. Die Zeitungen schreiben seit Wochen über unsere Hochzeit."

„Nicht die, die ich gelesen habe. Ich bin seit vier Monaten in Italien. Übrigens, ich bin auch wieder verheiratet." Stolz hielt Evelyne Christine ihren diamantbesetzten Ehering hin. „Er ist Arzt in Mailand. Wir sind auf Geschäftsreise hier." Wie beiläufig, strich sie über den Kragen ihres teuren

Nerzpelzmantels. Auch ihr berechenbarer Blick, erinnerte Christine an ein Raubtier, als sie fortfuhr: „Du hast also Alexandre geheiratet. Ich muss sagen, dass verwundert mich. Als wir uns das letzte Mal sahen, warst du bitterböse auf ihn, weil er mich dazu überredet hat, meine Anteile an die *Amco-International* zu verkaufen, und jetzt bist du seine Frau und genießt das Geld, das er durch mich verdient hat. Du bist ganz schön raffiniert."

„Du warst schließlich ein ausgezeichnetes Vorbild", konterte Christine gereizt und drehte sich auf dem Absatz um. Sie fand Alexandre im dritten Stock in der Porzellanabteilung.

„Ich habe schon befürchtet, du kaufst den ganzen Laden auf", gestand Alexandre schmunzelnd.

„Nicht ganz." Christine hatte nicht die Absicht, ihm zu berichten, wer sie aufgehalten hatte. „Hast du etwas Passendes gefunden?"

„Ja, einige für das Land typische Tonamphoren."

„Dann nehmen wir sie doch."

„Willst du dich nicht vorher noch umschauen? Vielleicht findest du etwas, was dir besser gefällt."

„Ich verlasse mich auf deinen Geschmack, Liebling. Zeig es mir, und wenn es mir zusagt, können wir gleich bezahlen und wieder gehen."

Alexandre schüttelte ungläubig den Kopf. „Eine Frau, die es eilig hat, ein solches Kaufhaus zu verlassen, muss das achte Weltwunder sein."

„Nein, es handelt sich nur um eine frischgebackene Ehefrau, die mit ihrem Mann allein sein möchte", schmeichelte Christine und hängte sich bei Alexandre ein. Hoffentlich gelang es ihr, ihn aus dem Geschäft zu bekommen, ehe sie Evelyne begegneten. Ungeduldig wartete Christine auf Alexandre, während er der Verkäuferin die Adresse nannte. Einmal sah sie am Ende des Ganges eine Frau, die Evelyne ähnelte, und ihr Herz blieb fast vor lauter Angst stehen, doch es war eine Fremde. Schließlich hielt sie es nicht länger aus.

„Ich muss unbedingt an die frische Luft, sonst falle ich in Ohnmacht. Bitte, beeile dich ein wenig!"

Alexandre ließ alles stehen und liegen, und brachte sie hinaus.

„Das kommt davon, wenn du ohne Frühstück aus dem Haus gehst", tadelte er.

„Wenn ich alles essen würde, was das Hotel uns hinstellt, wäre ich bald rund wie eine Tonne. Ich glaube eher, die schlaflosen Nächte machen sich langsam bemerkbar."

„Willst du damit andeuten, dass es dir zuviel wird?"

„Im Gegenteil. Ich wollte dich nur darauf aufmerksam machen, dass es auch noch Nachmittage gibt."

„Eine grandiose Idee! Weißt du was, wir lassen das Mittagessen ausfallen, und..."

„Halt, halt!" unterbrach sie ihn. „Hast du vergessen, dass ich mich vor Hunger ganz schwach fühle?"

„Dann werden wir eben schnell eine Kleinigkeit essen."

Im Restaurant erklärte Alexandre überzeugend, wie eilig sie es hätten, dass das Essen tatsächlich schon nach gut zehn Minuten serviert.

„Sind Sie immer so ungeduldig, Monsieur de Rochefort?" fragte Christine neckend ihren Ehemann.

„Nur, wenn ich unbedingt etwas will. Und dich will ich immer."

„Soll ich auf das Dessert verzichten?"

„Würde es dir etwas ausmachen?"

„Im Gegenteil. Ich wäre sehr enttäuscht, wenn du es nicht so eilig hättest."

Unter dem Tisch legte Alexandre die Hand auf Christines Knie. „Das begeistert mich so an dir, Christine. Du begehrst mich ebenso wie ich dich und machst keinen Hehl daraus."

Im Hotel hatten sie kaum die Zimmertür hinter sich geschlossen, als sie schon begannen sich gegenseitig auszuziehen. Wie Verdurstende klammerten sie sich aneinander, und Christine schrie erleichtert auf, als Alexandre in sie eindrang.

„Herzallerliebste", flüsterte Alexandre und begann sich langsam in ihr zu bewegen. Sein Rhythmus wurde zu ihrem, und die Wogen der Lust trugen Christine höher und immer höher, bis Alexandre und sie gleichzeitig ihre Erfüllung fanden.

Regungslos lagen sie beieinander. Alexandres Haut war feucht, so dass Christine fürsorglich eine Decke über ihn ausbreitete, damit er nicht zu frieren begann.

„Du sorgst gut für mich, Maman. Und weißt du was? Ich bin froh, dass wir auf den Nachtisch verzichtet haben", flüsterte er.

„Ich auch." Christine bewegte kreisend die Hüften, doch er schüttelte bedauernd den Kopf.

„Noch nicht, Madame de Rochefort. Supermann bin ich nicht."

„Du gibst aber eine passable Imitation ab."

„Das liegt daran, dass du unwiderstehlich bist. Mit dir zu schlafen, ist eine völlig neue Erfahrung für mich."

„Vielleicht, sind das deine Gefühle für mich auch."

„Das könnte gut sein", sagte Alexandre versonnen. „Es sind schon seltsamere Dinge passiert, als dass sich ein Mann in seine eigene Frau verliebt."

Sprach Alexandre die Wahrheit, oder wollte er ihr nur einen Gefallen erweisen?


Christine stand auf und griff nach ihrem Bademantel. „Wenn du es genau weißt, sag mir Bescheid."

„Jetzt bist du böse." Alexandre ergriff sie am Arm und zog sie wieder aufs Bett.

„Nein, das stimmt nicht." Von Mal zu Mal fiel es Christine schwerer, daran zu denken, dass sie nur eine Rolle spielte.

„Ich werde nur nicht gerne daran erinnert, dass unsere Beziehung einseitig ist. Im Laufe dieser wunderbaren Tage habe ich versucht zu vergessen, dass du weiter nichts als Leidenschaft für mich empfindest."

Dass sie diese Worte ernst meinte, beunruhigte sie sehr. Schon öfters dachte Christine nicht einmal mehr daran, warum sie ihn geheiratet hatte. Wie sollte sie auch Rachepläne schmieden, wenn sie in seinen Armen lag? Wenn sie sich nicht völlig verlieren wollte, musste sie versuchen, eine rein platonische Ehe zu führen, je eher, desto besser.

## 8. KAPITEL

Ihre Flitterwochen vergingen viel zu schnell. In Florenz besichtigten Christine und Alexandre die Sehenswürdigkeiten, erledigten die restlichen Einkäufe auf ihrer Liste und fuhren dann weiter nach Venedig.

Der Himmel war Wolkenverhangen, und hin und wieder schauerte es, doch selbst der Regen konnte dem Zauber dieser Stadt nichts anhaben. Ihr Hotel, das Palazzo Nero am Canal Grande, war zu Fuß nur wenige Minuten vom Markusplatz entfernt, einem der schönsten Plätze der Welt. Hand in Hand wanderten sie durch die schmalen Gassen und ließen sich selbst durch das Wetter nicht von einer Gondelfahrt durch die Kanäle abhalten. Obwohl die altehrwürdige Stadt Christine stark beeindruckte, merkte sie förmlich, das Venedigs große Zeit vorbei und die Stadt dem Verfall preisgegeben war.

Rom dagegen wirkte trotz seiner vielen historischen Stadtteile sehr lebendig, und es dauerte eine Weile, bis sie sich nach den stillen Tagen der Lagunenstadt an den atemberaubenden Rhythmus der italienischen Weltstadt gewöhnt hatten.

Christine sprach einigermaßen italienisch, doch zu ihrer erneuten Verwunderung beherrschte Alexandre die Sprache perfekt. Wie sich herausstellte, hatte er vor seinem Jurastudium ein Jahr lang als Reiseleiter in Rom gearbeitet und kannte die Stadt wie seine Westentasche. Aus dieser Zeit hatte er noch viele Freunde hier, die Christine ohne zu zögern in ihren Kreis aufnahmen.

„Tut es dir leid, dass wir abreisen?" fragte Alexandre am letzten Abend, als sie beim Essen in einer gemütlichen Trattoria saßen.

„Natürlich, aber auch der schönste Traum geht einmal zu Ende. Bestimmt werde ich sehr schnell wieder in die Realität zurückgeholt, wenn ich zu Hause das erste Mal die Waschmaschine einschalte oder das Geschirr abspüle."

„Um diese Dinge wird sich unser Personal kümmern",
widersprach Alexandre. „Damit du dich ganz auf mich
konzentrieren kannst."

Christine wusste, dass es höchste Zeit war, sich von
Alexandre zurückzuziehen. Wenn sie noch länger mit ihm
zusammenblieb, würde sie ihn ebenso anbeten, wie es seine
zahlreichen Bekannten taten.

Alexandre hatte sie aufmerksam beobachtet. „Warum
schaust du denn auf einmal so besorgt aus?"

„Ich musste nur daran denken, wie wir wohl miteinander
klarkommen werden, wenn wir wieder zu Hause und im
Alltagsstress sind", log Christine.

„Genauso, wie jetzt. Und an Stress waren wir schon
gewöhnt, ehe wir uns kannten. Im Gegenteil, jetzt wird es
viel einfacher werden, denn wir können unsere Probleme
miteinander besprechen."

„Das klingt, als hättest du schon darüber nachgedacht."

„Ja, das habe ich. Und nicht nur darüber."

Christine kannte ihren Mann inzwischen gut genug, um ihn
nicht zu drängen. Er würde es ihr entweder freiwillig sagen
oder gar nicht.

Am Flughafen in Nizza wurden sie von Alexandres Chauffeur abgeholt und zu seinem Penthaus gefahren.

„Jetzt ist nicht der passende Moment, dich über die Schwelle zu tragen", sagte er am Eingang. „Dieses Vergnügen hebe ich mir auf, bis unser Haus fertig ist."

„Das kann noch zwei Monate dauern", warnte Christine ihn.

„Das hat man nun davon, wenn man seine Architektin mit nach Italien nimmt."

Lachend ging Christine ins Wohnzimmer, das ebenso wie ihre eigene Wohnung mit wenigen, aber erlesenen Stücken eingerichtet war.

Christine kannte sich inzwischen in Alexandres Wohnung gut aus. Auch seine marokkanische Haushälterin und ihr Mann waren keine Fremden für sie.

„Das ist sehr lieb von Ihnen, Lale", sagte Christine dankbar, als sie nach einem ausgedehnten Bad ins Schlafzimmer kam und ihre Koffer bereits ausgepackt vorfand. „Aber Sie dürfen mich nicht so sehr verwöhnen, sonst werde ich noch träge."

Lale lächelte freundlich. „Das glaube ich nicht. Sie müssen im Büro schwer arbeiten, und Achmed und ich verwöhnen sie gern. Wenn sie einmal einen Wunsch haben, brauchen sie es uns nur mitzuteilen."

Beim Abendessen erzählte Christine Alexandre von ihrer Unterhaltung mit Lale, und er schmunzelte.

„Lale hatte immer schreckliche Angst, ich würde an irgendeiner Filmschönheit oder Sängerin hängen bleiben, die den ganzen Tag im Bett liegt und ihr Anweisungen erteilt. Bei dir weiß sie, dass du ihr die Haushaltsführung überlässt." Er nahm einen Löffel Gemüse.

„Kochen kann sie jedenfalls grandios. Übrigens, im neuen Haus brauchen wir bestimmt mehr Personal. Vielleicht wäre es nicht schlecht, sich jetzt schon einmal umzusehen."

„Warten wir lieber, bis wir eingezogen sind", schlug Christine vor, „dann kann Lale besser beurteilen, wie viele Leute wir einstellen müssen."

„Ja, das ist wahrscheinlich klüger. Da fällt mir ein, ich will bei meiner Bank ein Konto für dich eröffnen. Hast du morgen Zeit, mit mir hinzugehen und die notwendigen Papiere zu unterschreiben?"

„Ich brauche kein neues Konto", protestierte Christine. „Schließlich verdiene ich selbst Geld."

„Das weiß ich, aber trotzdem wäre es mir lieber, du würdest meins ausgeben. Es tut meinem Selbstgefühl bestimmt gut, dich in einem weißen Spitzen-BH und passenden Höschen zu sehen, die ich bezahlt habe. Außerdem lasse ich dir Kreditkarten für die wichtigsten Geschäfte besorgen. Wenn du meiner Sekretärin sagst, wo du am liebsten einkaufst, wird sie sich darum kümmern."

„Hast du keine Angst, ich könnte verschwenderisch werden?"

„Nicht im Geringsten. Ich bemerke doch, wie sorgsam du die Kosten für unser neues Haus überwachst. Nein, das Geld ist meine geringste Sorge."

Achmed, der den nächsten Gang auftrug, unterbrach ihre Unterhaltung. Als sie wieder allein waren, sagte Christine: „Ich werde nachher eine Schlaftablette nehmen und mich bald hinlegen. Morgen früh muss ich einen klaren Kopf haben, wenn ich die angestaute Arbeit von mehreren Wochen auf meinem Schreibtisch vorfinde."

„Obwohl ich müde bin", meinte Alexandre, „kann ich bestimmt nicht schlafen."

„Warum nimmst du nicht auch eine Tablette?" schlug Christine vor.

„Vielleicht mache ich das wirklich." Er trank einen Schluck Armagnac. „Ich bin vom Fliegen immer etwas aufgedreht, das ist einzige, was ich an Flugreisen hasse."

„Morgen hast du dich bestimmt wieder beruhigt, und jetzt bleiben wir ja auch erst einmal hier."

„Bis auf die Reise in die Gascogne." Christine schaute ihren Gatten fragend an. „Wir werden die Feiertage bei meiner Familie verbringen", erwiderte er.

„Ich wünschte, du hättest mir das früher mitgeteilt. Jacky und Jules de Mauvesin haben uns nämlich nach Paris eingeladen, und ich habe zugesagt."

„Ganz gleich, wie wir es anfangen, eine der beiden Familien wird beleidigt sein. Am besten fahren wir beide allein irgendwohin. Was hältst du von Malta?"

„Das klingt verlockend." Im Grunde war Christine erleichtert, dass der Besuch bei Jules und Jacky nicht zustande kommen würde. Wenn alles lief wie geplant, würde sie bis dahin angefangen haben, Alexandre das Eheleben schwer zu machen, und auf keinen Fall wollte sie neugierige Fragen provozieren.

„Meinst du, wir bekommen noch ein Hotel?" fragte Christine.   „Ich habe gehört, Malta sei das ganze Jahr über gut besucht."

„Ganz bestimmt", meinte Alexandre zuversichtlich. „Ich kenne den Geschäftsführer des Plaza Hotels, am besten rufe ich ihn gleich an."

Es gelang Alexandre tatsächlich, über die Feiertage noch eine Suite für zehn Tage zu buchen, doch das hatte er nur seinen Beziehungen zu verdanken.

„Das wäre geschafft", freute sich Alexandre und setzte sich neben Christine auf das Sofa. „Dann brauchen wir morgen nur noch, unsere Familien anzurufen und den Besuch zu verschieben."

Er nahm einen Stapel Post vom Tisch. „Wir haben Dutzende von Einladungen bekommen. Möchtest du sie durchsehen und entscheiden, welche wir annehmen?"

„Mach du das lieber. Schließlich sind sie von deinen Freunden", schlug Christine vor.

„Wenn es nach mir ginge, möchte ich die nächsten Jahrzehnte überhaupt nirgendwo hingehen." Er zog Christine an sich. „Komm mit ins Bett. Seit fast einem Tag habe ich schon nicht mehr mit dir geschlafen."

„Dann musst du für die nächste Reise ein Privatflugzeug chartern", scherzte Christine.

Sie stand auf und ging ins Schlafzimmer, aber sie hatte den Gürtel ihrer Hose kaum gelockert, als Alexandre bereits hinter sie trat und sie vollends auszog. Er trug sie zum Bett und liebte sie mit einer Leidenschaft, die Christine sofort mitriss. Danach hielt er sie ganz fest in seinen Armen und flüsterte ihr Liebkosungen ins Ohr, bis sie seine Erregung wieder wachsen fühlte. Als er sich auf sie legen wollte, hielt sie ihn zurück.

„Alexandre, wir sollten jetzt schlafen und die Schlaftabletten nehmen."

„Müssen wir das wirklich?" fragte er schmollend. „Dann schlafen wir zwar die ganze Nacht durch, aber es erscheint mir als schreckliche Zeitverschwendung."

„Uns bleibt immer noch der Morgen", erinnerte Christine ihn.    „Du hast es schließlich nicht weit ins Büro."

„Das stimmt allerdings." Alexandre  kuschelte sich in die Kissen.   „Bringst du mir bitte meine Tablette mit?"

Christine nahm eine Tablette aus der Schachtel und füllte ein Glas mit Wasser. „Hier, mein Schatz."

„Danke, und du?"

„Ich habe sie eben im Badezimmer genommen", log Christine. Die erste Phase ihres von langer Hand geplanten Rachefeldzuges hatte begonnen.

Schon bald schlief Alexandre ein. Christine wartete eine gute Stunde, denn sie hatte gelesen, dass man mit Tabletten zwar sehr tief schlief, aber schlecht wieder einschlafen konnte, wenn man einmal geweckt wurde.

„Liebling", rief Christine und schüttelte ihn an der Schulter. Doch Alexandre rührte sich nicht. Sie schüttelte ihn fester. Alexandre öffnete die Augen einen Spalt. „Was ist denn passiert?"

„Du schnarchst", sagte sie anklagend, „und hast mich aufgeweckt."

„Das tut mir leid." Alexandre nahm sie in den Arm und schlief weiter.

Soviel war also von wissenschaftlichen Erkenntnissen zu halten. Diesmal wartete Christine etwas länger, ehe sie ihren unwissenden Mann wieder anstieß. Alexandre fuhr erschrocken hoch und sah sie verwirrt an.

„Du schnarchst noch immer." Christines Ton war gespielt ärgerlicher geworden.

„Verzeih mir", murmelte er. „Vielleicht sollte ich mich auf die Seite legen." Er drehte sich um und zog die Bettdecke bis über die Ohren. Bald gingen seine Atemzüge wieder tief und regelmäßig.     Diesmal wartete die heimtückische Christine fast zwei Stunden. Dann beugte sie sich zu ihm hinunter: „Alexandre!"

„Liebling, was ist denn los? Fehlt dir etwas?" „Ich habe rasende Kopfschmerzen. Dein Schnarchen hat mich die ganze Nacht wach gehalten."

„Das tut mir schrecklich leid. Ich wusste überhaupt nicht, dass ich schnarche."

„Ehefrauen können es sich eben leisten, ehrlicher zu sein als Freundinnen."

„Wir schlafen doch schon seit Wochen nebeneinander."

„Aber nicht in Nizza ", widersprach Christine schnell.

„Dann müssen wir eben damit leben. Wir können schließlich nicht einfach in eine andere Stadt ziehen."

„Ich halte es aber nicht aus! Wenn es so weitergeht, bin ich in einem Monat ein nervliches Wrack. Alexandre, ich habe vor kurzem gelesen, dass in so einem Fall eine kleine, harmlose Nasenoperation helfen soll."

„Wie bitte?" Mit einem Schlag war er ganz wach. Er setzte sich auf und knipste die Nachttischlampe an. „An mir wird niemand herum schneiden!" Alexandre berührte seine Nase, als wolle er sich vergewissern, dass diese noch intakt war. „Meine Nase ist vielleicht nicht perfekt, aber seit mehr als dreißig Jahre leistet sie mir treue Dienste."

„Die Operation verändert doch nichts an der Form", versicherte Christine ihm. „Auch der Geruchs- und Geschmackssinn geht nur in höchstens zehn Prozent der Fälle verloren."

„Zehn Prozent!" rief Alexandre entsetzt. „Das ist aber reichlich hoch."

Christine musterte ihn ausgiebig. Allein die Erwähnung, der hohen Quote würde dafür sorgen, dass er in Zukunft einen großen Bogen um Arztpraxen machte.

„Du weißt aber ziemlich gut über dieses Thema Bescheid."

„Nur, weil der Mann meiner Sekretärin unablässig schnarcht."

„Und hat er sich operieren lassen?"

„Nein. Seine Ärztin hielt nicht viel davon und hat Ihnen stattdessen getrennte Schlafzimmer verordnet."

Alexandre verzog schockiert das Gesicht. „Das ist ja noch schmerzlicher."

„Im schlimmsten Fall müssen wir uns eben trennen", sagte Christine wie im Scherz. „Ich habe irgendwo gelesen, dass übermäßiges Schnarchen ein triftiger Scheidungsgrund ist."

„Versuch es, und ich werde alle meine Exfreundinnen als Zeuginnen meiner Verteidigung aufmarschieren lassen."

„Und ich komme mit einem Tonband und strafe sie Lügen."

„Na gut, diese Taktik hast du mir ausgeredet." Unverhofft lächelte Alexandre hinterhältig. Seine Hände glitten in ihren Schlafanzug. „Da wir nun schon einmal wach sind, könnten wir die Zeit doch nutzen."

Christine gähnte und schob ihn sanft von sich. „In zwei Stunden klingelt der Wecker, und bis dahin muss ich unbedingt noch etwas Schlaf abbekommen. Am besten lege ich mich nebenan auf die Couch. Ich hoffe nur, dass dein Schnarchen nicht bis dorthin durchdringt."

„Nein, ich gehe ", schlug Alexandre zuvorkommend vor. „Aber glaub bloß nicht, dass ich mich so wie der Mann deiner Freundin verhalten werde. Ich bin nämlich altmodisch und halte nichts von getrennten Schlafzimmern."

Nach einem Monat sah Alexandre ein, dass es keinen Sinn hatte, weiterhin mit Christine das Bett zu teilen, und er schlief freiwillig im Nebenzimmer. Unerbittlich hatte Christine ihn Nacht für Nacht drei- bis viermal aufgeweckt und sich über sein Schnarchen beklagt und ihm damit den Schlaf geraubt. Auch wenn getrennte Schlafzimmer Alexandres körperliches Verlangen nach Christine nicht verringerten, war es zumindest mit der Intimität vorbei, die entstand, wenn man im selben Bett schlief.

Nicht einmal sich selbst gestand Christine ein, wie sehr sie die vertrauten abendlichen Gespräche vermisste, wenn sie den Kopf an Alexandres Schulter legte und die Ereignisse des Tages mit ihm besprechen konnte.

Es überraschte sie, wie mitfühlend und verständnisvoll Alexandre reagiert hatte. Umso weniger konnte sie sich erklären, warum er vor Gericht so ganz anders auftrat. Warum nutzte er seine Begabung nicht dazu, etwas aufzubauen, anstatt Menschen endgültig auseinander zubringen, und sie im Streit um finanzielle Dinge vielleicht sogar zu Feinden zu machen? Christine war sich sicher, dass es nichts mit den hohen Einkünfte der Scheidungsanwälte zu tun hatte. Alexandre würde sich auf jedem anderen Gebiet in kürzester Zeit einen Spitzenplatz erobern.

Auch lag es bestimmt nicht an den Kontakten zur Welt der Reichen und Schönen, die seine Arbeit mit sich brachte. Seit ihrer Heirat hatte er alle Einladungen strikt abgelehnt und erklärt, er bliebe viel lieber mit Christine zu Hause.

Warum war er dann im Beruf so rücksichtslos und knallhart? Christine hatte das dumme Gefühl, dass seine Abneigung gegen Ehen zwischen alten Männern und jungen Frauen einen persönlichen Grund hatte.

Die Wochen bis zur Abreise nach Malta vergingen rasch. Christine hatte sich so daran gewöhnt, Alexandre um sich zu haben, dass sie sich manchmal mit Gewalt ins Gedächtnis rufen musste, warum sie ihn eigentlich geheiratet hatte.

Obwohl sie jetzt in getrennten Schlafzimmern schliefen, hatte sich an ihrer körperlichen Beziehung nichts verändert. Was jetzt vielleicht durch Spontaneität fehlte, wurde durch Häufigkeit mehr als wettgemacht. Er schien nicht genug von ihr bekommen zu können, aber auch sie fühlte sich von ihm stark angezogen. Alexandre brauchte Christine nur anzusehen oder zu berühren, um die Glut ihrer Leidenschaft zu entflammen. Sie schämte sich, dass sie ihre Gefühle nicht unter Kontrolle hatte.

Es gab nur einen einzigen Ausweg aus diesem Dilemma. Christine musste eine Möglichkeit finden, die körperliche Intimität zu beenden, Alexandre aber gleichzeitig davon zu überzeugen, dass die erzwungene Enthaltsamkeit ihr ebenso schwer fiel wie ihm. Am allerbesten war es, sie täuschte Krankheit vor. Vielleicht eine verstauchte Schulter oder eine ausgerenkte Bandscheibe? Das ging nicht, denn sie wollte auf jeden Fall weiterarbeiten. Ein Bein- oder Armbruch schied aus dem gleichen Grund aus.

Obwohl sich die Arbeit auf Christines Schreibtisch stapelte, konnte sie sich nicht darauf konzentrieren. Im Geiste beschäftigte sie sich fast ausschließlich mit ihrem Mann. Einerseits grübelte sie unablässig darüber nach, wie sie es am besten anfangen sollte, dass diese Ehe vor dem Scheidungsrichter endete, andererseits befand die junge Frau sich im ständigen, verzweifelten Kampf mit ihren Gefühlen.

Christine schloss die Augen und dachte an das vergangene Wochenende zurück. Lale und Achmed waren zu ihren Töchtern gefahren, und Christine hatte als willkommene Abwechslung zu Lales aufwendigen Gerichten eine deftige, wohlschmeckende Bouillabaisse, einen Fisch-Eintopf, gekocht. Alexandre war von dem Ergebnis so beeindruckt gewesen, dass er sich freiwillig erbot, ihr beim Aufräumen zu helfen. Bei seinem Anblick, wie er mit einer Schürze um die Hüften in der Küche hantierte, hatte sie so unbändig gelacht, dass er sie zur Strafe durch die ganze Wohnung hetzte.

Die Jagd hatte auf dem Sofa im Wohnzimmer geendet, und für den Rest des Abends war an Abwasch nicht mehr zu denken gewesen.

„Das kann nicht so weitergehen", äußerte Christine ihren Zorn laut. „Irgendeine Krankheit muss mir einfallen."

Warum behauptete sie nicht einfach, es handle sich um ein Frauenleiden? In Einzelheiten würde sie bestimmt nicht gehen müssen, denn den allermeisten Männern war dieses Thema mehr als peinlich.

Entschlossen, keine Zeit zu verlieren, teilte Christine ihrer Sekretärin mit, sie fühle sich nicht wohl, und verließ ihr Büro. Auf dem Heimweg hielt sie an einer medizinischen Universitätsbuchhandlung und besorgte sich ein wissenschaftliches Werk über die Grundlagen der Gynäkologie.

Als Christine einige Stunden später Alexandres Schritte hörte, gab es nur wenig über die weibliche Anatomie, das sie nicht wusste. Außerdem hatte sie genügend Fachausdrücke aufgeschnappt, um einen Laien zu beeindrucken.

Christine stellte sich schlafend und öffnete erst ihre Augen, als Alexandre neben dem Bett stand. Auf seinem Gesicht lag Besorgnis.

„Warum bist du denn so früh zu Hause?" murmelte sie.

„Es ist doch nicht früh, mein Schatz. Nach meiner Uhr ist es fast halb acht."

„Das kann doch nicht sein! Dann habe ich ja über fünf Stunden geschlafen."

„Das stimmt." Er setzte sich auf die Bettkante. „Lale sagt, du fühlst dich nicht wohl?"

„Ich habe schreckliche Bauchschmerzen."

„Warst du beim Arzt?"

„Nein. Wahrscheinlich habe ich mir nur den Magen verdorben. Morgen früh geht es mir bestimmt wieder gut."

„Wenn nicht, bringe ich dich persönlich hin."

Christine gähnte. „O Alexandre, ich hatte ganz vergessen, dass wir heute Abend bei den Duvals zum Essen eingeladen sind. Warum gehst du nicht einfach ohne mich hin?"

„Es würde mir nicht im Traum einfallen, dich alleine zu lassen. Ich rufe die Duvals an und sage ab. Lale soll uns eine Kleinigkeit zu essen machen."

Christine wusste, dass er sich von seinem Entschluss nicht abbringen lassen würde. Alexandre bat Lale, eine leichte

Suppe zu kochen, und bestellte für sich selbst einen Geflügelsalat. Nach dem Essen zog er sich einen Sessel ans Bett.

„Ich bleibe bei dir sitzen, bist du eingeschlafen bist."

Als Christine am nächsten Morgen um halb sechs aufwachte, fand sie Alexandre immer noch in dem Sessel vor. Offenbar hatte er die Nacht so verbracht. Dunkle Bartstoppeln ließen die kantigen Gesichtszüge weicher erscheinen. Alexandre wirkte jung und verletzlich, und sie musste gegen die Versuchung ankämpfen, ihm übers Gesicht zu streichen.

Als habe er gemerkt, dass er beobachtet wurde, öffnete er die Augen, streckte sich ausgiebig und lächelte sie liebevoll an.

„Wie fühlst du dich heute, Liebling?"

„Ich fühle mich wohl genug, um ins Büro zu gehen. Aber du hättest doch nicht bei mir bleiben müssen. So krank war ich doch nicht."

„Wenigstens hat dich mein Schnarchen letzte Nacht nicht gestört."

Er machte eine bedeutungsvolle Pause. „Oder etwa doch?"

„Erst heute morgen bin ich davon wach geworden", log sie. „Ich hatte Angst, dass ich dein Rufen nicht hören könnte, falls es dir während der Nacht schlechter gegangen wäre. Du weißt ja selbst am besten, wie tief und fest ich schlafe."

„Du siehst aber nicht aus, als hättest du die letzte Nacht genügend Schlaf bekommen. Warum hast du dich denn nicht aufs Bett gelegt?"

„Ich dachte, im Sitzen würde ich vielleicht besser schlafen." Alexandre gähnte und reckte sich ausführlich. „Eine unruhige Nacht wird mir nicht weiter schaden. Ich werde mich jetzt rasieren und dann duschen. Fühlst du dich wohl genug, um mit mir zu frühstücken?" Christine nickte. Erst jetzt stellte sie fest, wie hungrig sie war. Kein Wunder, denn am Vorabend hatte sie kaum einen Bissen angerührt. Schließlich spielte sie krank.

## 9. KAPITEL

Als der Ahnungslose am Abend nach Hause kam, fand er Christine wieder im Bett vor. Damit er nicht etwa ihren Hausarzt anrief, schwindelte sie ihm dreist vor, sie wäre auf dem Heimweg bei dem Arzt vorbeigefahren.

„Er hat mich zum Gynäkologen überwiesen", sagte sie. „Seiner Meinung nach könnte es sich um eine Infektion handeln."

„Ich begleite dich", schlug Alexandre sofort vor.

„Das geht doch nicht. Hast du nicht einen Termin im Gericht? Mach dir keine Sorgen, ich komme schon alleine zurecht. Es ist schließlich keine Operation, sondern nur eine Untersuchung."

„Na, gut. Aber ruf bitte sofort meine Sekretärin an, wenn du vom Arzt kommst, damit sie mich benachrichtigen kann."

Alexandres Fürsorglichkeit erstaunte Christine. Wie nett er doch ist, dachte sie, aber sie schob den Gedanken schnell beiseite.

Am darauf folgenden Tag kam Alexandre überraschend schon um drei nach Hause. Christine, die gerade aus der Dusche kam, wäre um ein Haar mit ihm zusammengestoßen. Er streckte die Hand aus, um sie festzuhalten.

„He, ich hätte dich beinahe umgerannt!"

Christine lachte ihn an. „Entschuldige, ich war mit meinen Gedanken ganz woanders. Wieso bist du denn schon da?"

„Ich habe mir große Sorgen um dich gemacht und wollte mich vergewissern, ob meine Sekretärin mir auch alles richtig ausgerichtet hat. Es ist also wirklich alles in Ordnung?"

„Mehr oder weniger." Christine zog den Gürtel des Bademantels enger um die Taille und setzte sich auf die Bettkante.

„Mein Hausarzt hatte Recht. Ich habe wirklich eine Infektion und muss eine Zeitlang Penicillin einnehmen."

„Bist du sicher, dass es nichts Ernstes ist?" fragte Alexandre besorgt und streichelte liebevoll ihr Haar.

„Ja, aber..." Christine brach ab und biss sich auf die Unterlippe.

„Was, aber?" Alexandre  fasste sie unters Kinn und hob ihren Kopf hoch. „Heraus damit, Christine. Ich bin dein Mann. Mir kannst du doch die Wahrheit sagen."

Christine wich seinem Blick aus. „Ich ... es ist wirklich nur eine leichte Infektion ..., aber der Gynäkologe hat gesagt, ich ... ich meine, wir... Er meint, wir sollten nicht miteinander schlafen, ehe die Infektion vorüber ist."

„Ist das alles?" Seine Stimme klang erleichtert und in seinem Gesicht lag ein breites Lächeln. „Einen Augenblick habe ich schreckliche Angst um dich gehabt."

„Angst?"

„Ach, weißt du, ich habe mich an dich gewöhnt, und..."Alexandre legte die Arme liebevoll um Christines Taille und zog sie an sich. „Sex ist ein wichtiger Teil unserer Beziehung, mein Schatz, aber in den letzten Wochen und Monaten habe ich gelernt, und es ist mir bewusst geworden, dass zu einer guten Ehe mehr gehört, viel mehr."

Er rieb seine Wange an ihrer. „Weißt du, dass ich noch nie so froh und unbeschwert gewesen bin?"

„Du klingst ja wie ein verliebter Mann", neckte Christine ihn.

Alexandre ließ sie abrupt los. „Genügt es dir nicht, dass ich glücklich mit dir bin? Warum kannst du damit nicht zufrieden sein?"

Seine Worte versetzten sie in rasenden Zorn, doch gleichzeitig war sie den Tränen nahe. Warum schaffte es Alexandre nur immer wieder, so widersprüchliche Gefühle in ihr auszulösen?

Auch in den folgenden Wochen gelang es Christine nicht, mit sich selbst ins reine zukommen. Aus Rücksicht auf ihren angegriffenen Gesundheitszustand hatte Alexandre darauf bestanden, vorläufig weder Gäste einzuladen noch

Einladungen anzunehmen. So verbrachten sie die meiste Zeit in trauter Zweisamkeit. Überraschenderweise wurde es ihnen nie langweilig. Sie stöberten in Antiquariaten nach alten Büchern, oder fuhren übers Land zu Trödel- und Wochenmärkten und Versteigerungen.

„Sobald wir im neuen Haus sind", verkündete Alexandre eines Sonntags, „werde ich in einem der Zimmer ein Atelier einrichten."

„Ich wusste gar nicht, dass du malst."

„Landschaftsmalerei ist schon lange meine Passion. Und deine?" fragte er.

„Sticken", gestand Christine.

„Sticken? Du hältst mich doch zum Narren?"

„Warum? Was ist denn so komisch daran?"

„Nichts. Meine Mutter war eine wahre Meisterin darin. Aber mit einer verführerischen Blondine hätte ich diese Beschäftigung zuletzt in Verbindung gebracht."

„Da sieht man wieder einmal, was du für Vorurteile gegenüber Frauen hast. Ich häkle nämlich ziemlich gut."

„Dann wünsche ich  mir eine Tischdecke oder zumindest einen Gobelin ", sagte Alexandre prompt. „Dunkelrot oder Anthrazit, aus feiner Merinowolle."

„So fein wird's nicht werden. Ich nehme lieber etwas dickere Wolle, weil man dann schneller ein Ergebnis sieht."

Wenn Christine es sich recht überlegte, verhielt sich Alexandre wirklich sehr rücksichtsvoll. Nur bei einer Gelegenheit hatte er sie mit seinen Lippen und Händen in solche Erregung versetzt, dass sie beinahe zum Orgasmus gekommen wäre.

Danach hatte sie ihm mit gespielter Scham anvertraut, dass ihr der Gynäkologe nicht nur vom eigentlichen Verkehr, sondern auch von jeglicher anderer sexueller Betätigung abgeraten hatte. Alexandre hatte die Mitteilung ohne Widerspruch hingenommen, schlug aber ständig neue Möglichkeiten vor, wie sie ihre Zeit verbringen konnten.

Christine war daher nicht überrascht, als Alexandre eines Abends mit einem Stickmuster und mehreren Knäueln dünner Angorawolle nach Hause kam. Für sich hatte er eine Anleitung zum Ölmalen mitgebracht.

Im Laufe der Zeit fragte sich Christine immer öfter, ob es wirklich eine so gute Idee gewesen war, Krankheit vorzutäuschen. Sie waren jetzt oft unter sich, und die daraus entstehende Vertrautheit machte Christine sehr zu schaffen. Alexandre hingegen, schien es sichtlich zu genießen, sie für sich alleine zu haben.

Beklommen dachte Christine an den bevorstehenden Urlaub auf Malta. Sie vermisste Alexandres körperliche Nähe und Zärtlichkeit mehr, als sie sich eingestehen wollte. Immer häufiger plagten sie nachts wirre erotische Träume voller Leidenschaft.

Wie sich bald schon nach der Ankunft auf Malta herausstellte, waren Christines Befürchtungen nicht unbegründet gewesen. Als sie eines Nachmittags auf der Terrasse des Hotels in der Sonne lagen, musste Christine ihre ganze Willenskraft aufbieten, Alexandre nicht zu berühren, geschweige denn näher zu kommen. Alexandre, der offensichtlich nichts von Christines Gedanken ahnte, benahm sich wie ein liebevoller, besorgter, großer Bruder. Sie ergründeten den Meeresboden mit Tauchermaske und Schnorchel, spielten Golf und Tennis oder unternahmen Ausflüge ins Landesinnere.

„Im Frühling kommen wir wieder her", versprach Alexandre, als sie beim Heimflug aus dem Flugzeugfenster die paradiesisch schöne Bucht, mit dem alten Hafen von Valetta kleiner und immer kleiner werden sahen. „Hier werden wir unser erstes Baby machen."

Christine biss sich auf die Lippen. Bis dahin war ihre Ehe wahrscheinlich schon geschieden oder sie lebten zumindest getrennt, und er würde die Reise nicht mit ihr, sondern mit einer anderen machen.

Wie immer versetzte Christine die Vorstellung an Alexandres Zusammensein mit anderen Frauen in Zorn, doch sie konnte sich nicht erklären, warum. Sie selbst wollte ihn nicht, warum konnte sie dann nicht den Gedanken ertragen, dass er sich eine andere Frau suchen würde?

Christines ohnehin schlechte Stimmung verschlimmerte sich, als Alexandre bald nach ihrer Rückkehr von Malta geschäftlich für zwei Wochen nach Brüssel fliegen musste. Zum ersten Mal seit ihrer Heirat war Christine für kurze Zeit wieder allein und stellte mit Schrecken fest, wie sehr sie sich an Alexandre gewöhnt hatte und ihn jetzt vermisste. Sie musste sich eingestehen, dass dieser Mann ihr etwas bedeutete. Obwohl sie häufig eingeladen wurde, hatte sie ohne Alexandre keinen Spaß daran. Anstatt sich zu amüsieren, zählte sie die Tage, bis er wiederkam.

„Ich glaube, wir sind an der Reihe, eine Party zu geben", sagte Alexandre eines Morgens beim Frühstück.

„Eigentlich wollte ich warten, bis das Haus fertig ist, aber inzwischen waren wir beide schon bei so vielen Leuten eingeladen, dass wir es nicht gut noch länger aufschieben können. Vorausgesetzt natürlich, dass es dir nicht zuviel wird."

Alexandres Fürsorge verursachte Christine schlechtes Gewissen. „Nein, ganz bestimmt nicht. Du verwöhnst mich sowieso viel zu sehr."

„Weil es mir Freude macht." Er zögerte einen Moment. „Hast du schon einen neuen Termin beim Arzt?"

„Ich gehe regelmäßig zur Kontrolluntersuchung hin, aber ich fürchte, wir können noch nicht..."

„Deswegen habe ich nicht gefragt", unterbrach Alexandre sie. „Du sollst unter keinen Umständen das Gefühl haben, dass ich dich unter Druck setze. Ich möchte nur wissen, ob du bald wieder gesund bist."

„Mir geht es gut", versicherte Christine ihm wiederholt. Um Alexandre von diesem Thema abzulenken, kam sie wieder auf die Party zu sprechen. „Wenn du mir eine Liste der Leute gibst, die du einladen möchtest, werde ich alles Weitere erledigen."

Alexandre sah auf die Uhr und trank hastig seinen Kaffee aus. „Du bekommst sie heute Abend. Jetzt muss ich mich beeilen. Um halb zehn habe ich einen Termin mit dem Staatsanwalt."

„Sag, bloß nicht, dass er sich scheiden lässt!"

Alexandre schüttelte den Kopf, ging aber nicht näher darauf ein. Am Abend entnahm er eine säuberlich getippte Liste seiner Aktentasche und gab sie ihr. „Alle Einzelheiten überlasse ich dir. In Haushaltsfragen bist du der Chef."

Und wie war es sonst? fragte Christine sich immer öfter. Fand Alexandre sich deswegen so leicht mit einer Ehe ohne Sex ab, weil er seine Bedürfnisse anderswo befriedigte? Doch wann konnte das sein? Tagsüber arbeitete Alexandre de Rochefort wie ein Besessener, und die Abende verbrachte er zu Hause. So gern Christine ihrem Mann eine Affäre unterstellt hätte, musste sie sich eingestehen, dass sie ihm in diesem Punkt Unrecht tat. Alexandre verhielt sich mustergültig, und selbst, wenn er sie manchmal ansah wie ein hungriger Wolf, spielte er mit keinem Wort auf ihren Zustand an.

„Was meinst du dazu?"

Christine schreckte aus ihren Gedanken hoch. „Wie bitte?"

„Ich habe gefragt, ob du dir für die Party nicht ein neues Kleid kaufen möchtest?" wiederholte er.

„Das ist nicht nötig. Es ist schließlich keine formelle Einladung."

„Und ob das nötig ist", entgegnete Alexandre trocken. „Für dich ist, zum Beispiel *zwanglose Kleidung* eine lange Hose, aber wie ich unsere Gäste kenne, werden sie darunter ihre zweitbeste Garnitur Diamanten verstehen."

„Du möchtest also, dass ich mich umwerfend schick mache?"

„Je schicker, desto besser. Wieso siehst du dich denn nicht einmal in der neuen Modeboutique am Fischmarkt um? Ich habe gehört, dass dort eine große Auswahl an Modellen von bekannten Pariser Modeschöpfern sein soll."

„Woher weißt du denn so gut Bescheid?" erkundigte sich Christine.

„Barbara Hershley erwähnte die Boutique." Das war seine aktuelle Mandantin. „Sie hat sich dort völlig neu eingekleidet."

„Es ist dir doch hoffentlich klar, dass dort die Preise exorbitant sein werden?"

„Ich kann es mir einfach leisten, mein Liebling. Kauf einfach alles, was dir gut gefällt. Für die schönste Frau der Welt, ist mir nichts zu teuer."

Christine beschloss, Alexandre beim Wort zu nehmen. Noch am selben Vormittag fuhr sie in die Stadt. Die Auswahl war wirklich phantastisch, so dass Christine nach mehreren Anproben mit vier atemberaubenden Kleidern und drei Kostümen dastand, und sich nicht entscheiden konnte.

Warum sollte sie nicht alle kaufen? Als sie den Preis hörte, hätte sie es sich fast noch anders überlegt, aber dann dachte sie an ihren Plan, und verdrängte die Gewissensbisse. Von da ab ging es leichter. Den Rest des Tages verbrachte sie damit, von Boutique zu Boutique zu bummeln und Unsummen von Geld auszugeben.

Doch sie dachte auch an Alexandre. Schließlich wollte sich Christine nicht vorwerfen lassen, dass sie nur für sich Geld ausgab. Anfangs zögerte sie vor der Tür des Porschehändlers, doch dann fasste sie sich ein Herz und ging hinein. Nach einer anschließenden Probefahrt hatte sie keine Bedenken mehr. Christine unterschrieb den Kaufvertrag und bat darum, den Wagen noch am selben Abend, um halb neun Uhr, geliefert zu bekommen. Der Verkäufer verzog keine Miene. Nicht umsonst galt diese Stadt als Stadt der Millionäre.

Der rote Porsche war Christines letzter Kauf gewesen, und gutgelaunt machte sie sich auf den Heimweg. Alexandre hatte es seinerseits als Geiz ausgelegt, dass Arthur Evelynes Kreditkarten sperren ließ. Jetzt würde Alexandre einmal erfahren, wie es war, wenn die eigene Frau, das Geld mit vollen Händen verschleuderte.

„Na, wie hast du den Tag verbracht?" fragte Alexandre, als er abends nach Hause kam.

„Es war einfach herrlich", antwortete Christine begeistert. „Ich weiß nur nicht, ob du der gleichen Meinung sein wirst." Sie nahm ihn bei der Hand und führte ihn ins Ankleidezimmer.

Jeder andere Mann wäre bei dem Anblick, der sich Alexandre bot, erbleicht. Wild im Zimmer verstreut lagen Kleider, Kostüme, Schuhe, Taschen und alle Arten von Accessoires. Christine hatte mit Absicht nicht aufgeräumt, weil die Wirkung so noch viel durchschlagender sein würde.

Zu Christines Überraschung verzog Alexandre nur amüsiert das Gesicht und fragte: „Du möchtest wohl auf Anhieb auf die Liste der bestangezogenen Frauen kommen?"

Sie bemühte sich, zerknirscht auszusehen. „Hoffentlich hältst du mich nicht für extravagant. Aber du hast schließlich gesagt, ich könnte kaufen, was ich will. Außerdem habe ich mich bemüht, deinen Geschmack zu treffen."

„Ich habe an deinem nichts auszusetzen", versicherte Alexandre ihr. „Nur bin ich der Meinung, dass du bei deiner Figur ruhig etwas mutiger sein könntest."

„Dann kannst du mir bestimmt sagen, ob dieses Modell gewagt genug ist." Christine nahm ein Kleid und verschwand im Badezimmer. Wenig später kam sie wie ein Model herausstolziert und stellte sich in Pose. „Na, was sagst du dazu?"

Alexandre holte hörbar Luft; aber er betrachtete das hauchdünne, transparente Kleid aus roter Spitze und schwarzem Chiffon mit Wohlgefallen. „Darin wird dich bestimmt niemand übersehen."

„Gefällt es dir nicht?"

„Ganz im Gegenteil. Ich finde, du siehst atemberaubend aus."

„Bin ich froh", meinte Christine erleichtert. Aus der Handtasche, ebenfalls neu und sündhaft teuer, zog sie einen Stapel Rechnungen und hielt sie ihm hin. „Möchtest du die noch vor dem Essen durchsehen?"

„Das hat doch Zeit. Und mach nicht ein so besorgtes Gesicht. Ich freue mich doch, dass du dir ein paar Sachen gekauft hast."

Ein paar Sachen nannte er das! Er würde sich noch wundern. „Warte erst einmal ab, bis du siehst, was ich für dich gekauft habe. Vielleicht änderst du dann deine Meinung."

„Das bezweifle ich. Ich freue mich über Geschenke, auch wenn ich sie zum Schluss selbst bezahle."

Achmed klopfte in diesem Augenblick an die Tür.

„Unten ist ein Monsieur Dubarry, der Sie sprechen will, Madame de Rochefort."

„Sagen sie ihm bitte, wir kommen in zwei Minuten", rief Christine und ging wieder ins Badezimmer, um sich umzuziehen.

„Wer ist denn dieser Dubarry?" fragte Alexandre höchst interessiert.

„Niemand den du kennst."

„Warum kann er dann nicht hochkommen?

„Weil ich ihn gebeten habe, unten zu warten."

„Ich hasse Geheimniskrämerei", brummte Alexandre neugierig.

„Sei kein Spielverderber. Es handelt sich schließlich um eine Überraschung.“

Allerdings war nicht Alexandre, sondern Christine die Überraschte. Statt Zorn oder zumindest blankes Entsetzen, zeigte er Begeisterung und Faszination. Beinahe ehrfürchtig strich er über die Motorhaube des roten Porsche.

„Ein Traum! Ich hätte mir selbst nichts Schöneres kaufen können.“

„Du findest ihn also nicht zu teuer?“

„Verglichen mit der italienischen Konkurrenz ist er preiswert, zuverlässiger und viel alltagstauglicher. Was meinst du, wollen wir nach dem Essen eine Spazierfahrt machen? Vielleicht ins Mau-Mau, in der Bar könnten wir dann eine Pause machen.“

„Du willst doch nur mit deinem neuen Auto angeben“, sagte Christine lächelnd. Alexandre verhielt sich wie ein kleiner Junge.

„Das auch“, gestand er ihr, „aber vorwiegend mit meiner Frau.“

# 10. KAPITEL

Christine nahm sich vor, bis nach der Party zu warten, ehe sie sich weitere Möglichkeiten ausdachte, Alexandre zu ärgern. So war ihr in letzter Zeit beinahe jede Ausrede recht gewesen, die Durchführung ihres heimtückischen Plans aufzuschieben, und manchmal fragte sie sich schon, ob es nicht besser wäre, Vergangenes ruhen zu lassen und stattdessen eine gemeinsame Zukunft aufzubauen.

Wenn Christine mit Alexandre allein war, überlegte sie oft, ihm alles zu gestehen, und nur die Furcht, durch ihr Geständnis seine Gefühle für sie zu zerstören, hielt sie zurück.

Doch was waren das für Gefühle? Obwohl Alexandre das Wort Liebe nie aussprach, schien er gar nicht oft genug hören zu können, wie sehr sie ihn liebte. Beinahe unmerklich war eine Veränderung in ihm vorgegangen. Wann immer es die Zeit erlaubte, suchte er ihre Nähe, berührte sie wie zufällig an der Hand, oder rief sie tagsüber mehrmals wegen irgendwelcher Belanglosigkeiten an. Wenn sie ihn verließ, würde das seinem Selbstwertgefühl einen schweren Dämpfer versetzen.

Die Party war erwartungsgemäß ein voller Erfolg. Christine hatte sich besondere Mühe gegeben, hübsch auszusehen, und die bewundernden Blicke von Alexandres Freunden bewiesen ihr, dass das gewagte rote, hauchdünne und transparente Spitzenkleid die richtige Wahl gewesen war.

„Ich nehme an, eure nächste Party wird bereits im neuen Haus stattfinden", bemerkte Vanessa Mateau nach dem Essen zu Christine, während das Personal in der Mitte des großen Zimmers eine kleine Tanzfläche freimachte. Die beiden Frauen hatten sich im Laufe der Monate angefreundet und trafen sich mindestens zweimal die Woche zum Essen. „Ich bin vor zwei Tagen zufällig vorbeigefahren und konnte der Versuchung nicht widerstehen, mich etwas umzusehen. Ich hoffe, es stört dich nicht."

„Natürlich nicht. Ich habe dir schon mehrmals gesagt, dass du jederzeit hinein kannst."

„Darf ich euch stören?" Paul Mateau stand vor ihnen. „Ich würde diesen Tango liebend gern mit meiner Frau tanzen."

Wenige Augenblicke später wurde Christine von Henri de Maintenon, Alexandres Steuerberater und bestem Freund, zum Tanz gebeten. Er war ebenfalls groß, durchtrainiert und ungemein attraktiv, hatte aber kastanienbraunes Haar und braune Augen. Die beiden Männer waren zusammen auf der Universität gewesen und hatten beide in ihrem Beruf Karriere gemacht.

„Wie ich höre, fährst du morgen nach Saint Rémy", meinte er.

„Ja, ich treffe mich mit meinem Vetter und seiner Frau, die dort für eine Woche zur Kur sind. Hat Alexandre dir erzählt, dass ich ein Ferienhaus für sie baue? Es ist nur schade, dass er nicht mitkommen kann."

„Das finde ich auch. Er arbeitet viel zuviel. Kannst du deinen Mann nicht dazu bringen, etwas kürzer zu treten?"

„Er liebt seine Arbeit eben."

„Dich liebt er noch mehr. Bestimmt würde er auf dich hören."

„Das bezweifle ich aber stark. Ich habe nie verhehlt, was ich von seinem Beruf halte. Müssen es denn ausgerechnet Scheidungen sein?"

„Bei seinen Erfahrungen ist es kein Wunder, dass er sich gerade dieses Fachgebiet ausgesucht hat."

„Was haben denn seine Erfahrungen damit zu tun?"

Henri stolperte und begann sogleich, sich wortreich zu entschuldigen, aber Christine wusste, dass nicht

Unachtsamkeit, sondern ihre Frage ihn aus dem Takt gebracht hatte.

„Mir kannst du nichts vormachen, Henri. Schildere mir einfach, was Alexandres Vergangenheit mit seiner Berufswahl zutun hat."

Erneut räusperte er sich verlegen. „Hätte ich doch besser mein loses Mundwerk gehalten."

„Das hast du aber nicht. Also, heraus mit der Sprache."

„Ich dachte, Alexandre hat dir von seiner Mutter erzählt", sagte Henri widerstrebend.

„Nur, dass sie schon lange tot ist."

„Er spricht nicht gern darüber. Ich habe die Geschichte nur deshalb erfahren, weil Alexandre bei unserer Examensfeier zuviel getrunken hatte und der Alkohol ihm die Zunge löste. Es überrascht mich allerdings, dass er es seiner Frau nicht erzählt hat."

Weil Alexandre mich nicht liebt, dachte Christine traurig. Er empfindet nicht genug für mich, um mir das Geheimnis anzuvertrauen, das nach Meinung seines besten Freundes sein ganzes Leben beeinflusst hat.

Eine Weile tanzten sie schweigend weiter, dann sagte Henri plötzlich: „Gehen wir einen Moment hinaus auf die Terrasse."

Sie setzten sich hin, und Henri machte sich umständlich daran, eine Zigarette zu drehen. Als Christine schon glaubte, er hätte es sich anders überlegt, begann er zu sprechen: „Alexandres Mutter hat ihre Familie vor Jahren wegen eines anderen Mannes verlassen, der ihr Sohn hätte sein können."

Das also war es. Christine begriff mit einemmal, was Alexandre so stark beeinflusst hatte. Aber sie hatte noch nicht alles gehört. „Das allein war schon schlimm genug", fuhr Henri fort, „aber die Frau hat außerdem das Geschäft seines Vaters ruiniert, eine riesige Hypothek auf das gemeinsame Haus aufgenommen und alle Bankkonten geplündert. Dann ist sie einfach verschwunden, und hat sich nie wieder gemeldet. Erst als sie einige Zeit später bei einem Flugzeugabsturz umkam, stellte sich heraus, dass sie die ganze Zeit in Kanada gelebt hatte."

„Wie schrecklich! Warum hat Monsieur de Rochefort denn keinen Privatdetektiv beauftragt, nach seiner Frau zu suchen?"

„Das konnte er sich nicht leisten. Er brauchte jeden Centimes, um die Kinder zu unterhalten. Der Zweigstellenleiter seiner Bank, der das Drama miterlebt hatte, bürgte für einen Kredit. Damit konnte er sein

Bauunternehmen weiterführen, um sich und die Kinder durchzubringen. Erst als seine Töchter verheiratet waren, und Alexandre sein Studium abgeschlossen hatte, verkaufte er das Unternehmen. Den Rest kennst du ja."

Christine nickte. Jetzt war ihr klar, warum Alexandre bei Scheidungen immer die schwächere Seite vertrat. In jedem Mandanten oder in jeder Mandantin sah er einen mittellos zurückgelassenen Elternteil und in der reichen Gegenseite jemanden, der dafür zur Rechenschaft gezogen werden musste, was man ihm selber angetan hatte. Nachdem er als Kind selbst miterlebt hatte, wie die neue „Liebe" seiner Mutter die Familie zerstörte, hatte er sich geschworen, niemals zu heiraten und wirklich zu lieben.

Nachdenklich drehte Christine an ihrem Ehering. Trotz dieses Vorsatzes hatte Alexandre sie geheiratet. War das nicht ein Anzeichen dafür, dass er eines Tages auch die Liebe an sich heranlassen würde?

„Bitte, berichte Alexandre nicht, was ich dir anvertraut habe", bat Henri. „Er wird eines Tages bestimmt von selbst davon anfangen."

„Du kannst dich darauf verlassen", beruhigte Christine ihn.

„Ende des Monats kommt übrigens sein Vater zu Besuch. Ich bin sicher, dass er mir die Geschichte vorher erzählt."

„Wenn nicht er, dann wird es Monsieur de Rochefort tun. Er gehört zu den Männern, die alles offen aussprechen und kein Blatt vor dem Mund nehmen. Der ideale Schwiegervater."

Christine lachte. „Du musst es ja wissen." Henri ließ sich gerade zum dritten Mal scheiden.

„Wenn ich noch einmal heirate", verkündete er und stand auf, „dann nur eine Vollwaise. Und jetzt schuldest du mir noch einen Tanz."

Die Party dauerte bis drei Uhr morgens, und als die letzten Gäste gegangen waren, schloss Christine sichtlich erleichtert hinter ihnen die Tür.

„Bist du froh, dass es vorbei ist?" fragte Alexandre, als sie sich in einen Sessel sinken ließ und die Pumps von den Füßen streifte.

Christine massierte ihre schmerzenden Zehen. „Ich bin vor allem froh, dass ich von diesen Folterwerkzeugen befreit bin."

„Es ist erstaunlich, was Frauen um der Mode willen alles auf sich nehmen. Warum hast du denn keine Schuhe mit flachen Absatz getragen?"

„Weil dieses Kleid nur mit hohen Hacken wirkt."

„Ich hätte dich sogar in Sportschuhen hinreißend gefunden."

Sie lächelte ihn an. „Wie charmant."

„Henri war offenbar auch meiner Meinung." Seine Worte schienen nur so dahin gesagt zu sein, doch sein Blick war ernst und fragend. „Er hat sich ja sehr lange mit dir unterhalten. Hat er dir seine Lebensgeschichte erzählt?"

Nein, deine, wäre Christine um ein Haar herausgerutscht, aber sie fing sich gerade noch rechtzeitig. „Er hat mir sein Herz über seine Eheprobleme ausgeschüttet", sagte sie stattdessen.

„Die sind ja sowieso Stadtgespräch."

„Glaubst du mir etwa nicht?"

„Habe ich denn Grund dazu?"

Verärgert stand Christine auf. „Ich werde mich wegen nichts und wieder nichts mit dir streiten." Sie wollte an ihm vorbei gehen, doch er hielt sie am Arm fest.

„Ich lasse mich in meinem Heim nicht gerne zum Narren machen."

Jetzt war sie wirklich wütend „Das brauche ich gar nicht, weil du das schon selbst besorgst hast. Henri und ich haben uns nur unterhalten, nicht miteinander geflirtet." Ihre Stimme wurde weicher. „Du weißt doch, wie sehr ich dich liebe. Wie könnte ich da die Berührung eines anderen Mannes ertragen?"

„Bist du sicher, dass du nur einen anderen Mann meinst?"

„Was soll denn das nun wieder heißen?"

„Das heißt, dass es inzwischen elf Wochen her ist, seit wir das letzte Mal miteinander geschlafen haben", erklärte Alexandre. „Vielleicht lebst du gern wie eine Nonne, aber mir sagt das Mönchsdasein überhaupt nicht zu."

Das war es also! „Es wird nicht mehr lange dauern, Schatz", beruhigte Christine ihren Gatten. „Der Arzt meint, in etwa einer Woche könnte die Infektion abgeklungen sein." Sie vermied sorgfältig, sich auf ein bestimmtes Datum festzulegen.

„Verzeih mir, Schatz", sagte Alexandre beschämt. „Du kannst ja nichts dafür, dass du krank bist, und ich bin ein rücksichtsloses Ekel. Es ist nur ... Du siehst heute Abend so wunderschön aus, dass ich mich ..."

„Meinst du, mir fällt es leicht?" fragte Christine. Das war sogar die Wahrheit. „Die letzten Wochen sind mir wie eine Ewigkeit vorgekommen."

Alexandre zog sie an sich und nahm seine Frau liebevoll in die Arme. „Es tut mir leid, was ich über Henri und dich gesagt habe. Ich vertraue dir doch." Er vergrub das Gesicht in ihrem Haar. „Du bist die ehrlichste Frau, die mir jemals begegnet ist."

Christine schämte sich, und sie musste ihre ganze Willenskraft aufbringen, Alexandre nicht alles zu erzählen. Sie bettete ihren Kopf an seine Brust, damit er ihr nicht in die Augen sehen konnte. „Du bist wirklich ein geduldiger Mann, Liebling. Du hast mich niemals fühlen lassen, dass ich dich vernachlässigt habe."

„Du hast mich doch nicht vernachlässigt", widersprach Alexandre. „Es ist ja nicht deine Schuld, dass du krank bist." Er gab ihr einen Kuss. „Und jetzt ab in die Federn mit dir, ehe dein verführerischer Anblick meine guten Vorsätze zunichte macht."

Als der Morgen graute, und die ersten Sonnenstrahlen Christine wach küssen wollten, war sie noch immer wach. Der Zwiespalt ihrer Gefühle bescherte ihr in letzter Zeit häufig schlaflose Nächte. Sie hatte Alexandre geheiratet, um Arthur zu rächen, doch Henris Enthüllung hatte ihre seit längerem bestehenden Zweifel an der Richtigkeit dieses Vorhabens noch verstärkt. Um es überhaupt durchzuführen, musste sie ihren Zorn am Leben erhalten. Im Augenblick empfand sie aber eher Mitleid mit ihrem Mann, das sich leicht zu etwas anderem entwickeln konnte, wenn sie noch länger bei ihm blieb.

Dass sich ihre Gefühle für Alexandre verändert hatten, wurde Christine wenige Stunden später beim Frühstück klar. Wie jeden morgen war Alexandre am angrenzenden Strand joggen gewesen, und obwohl er inzwischen geduscht und sich umgezogen hatte, war sein Gesicht noch leicht gerötet. Verglichen mit der Gesundheit und Vitalität, die er ausstrahlte, fühlte sie sich matt und leblos.

„Du siehst aus, als hättest du diese Nacht kein Auge zu bekommen, Christine", bemerkte Alexandre besorgt.

„Ach, ich fühle mich nur ein bisschen schwächlich heute morgen", log sie.

„Warum bleibst du nicht einige Tage länger bei Jules und Jacky in Saint Rémy?"

„Das geht nicht. Ich habe am Montag einen Termin auf der Baustelle."

„Lässt sich das denn nicht aufschieben? Luftveränderung würde meinem Schatz bestimmt gut tun." Alexandre sah sie fortwährend besorgt an.

Christine gab nach. „Eigentlich hast du Recht. Ich bleibe bis Mittwoch." Vielleicht würden ihr einige Tage ohne

Alexandre dabei helfen, die Dinge wieder in der richtigen Perspektive zu sehen. So wie jetzt, konnte es unter gar keinen Umständen weitergehen.

„Es tut mir nur leid, dass ich nicht mitfahren kann", bedauerte Alexandre, „aber ich bin das ganze Wochenende mit einem Mandanten beschäftigt."

„Mit einem Mann?" fragte Christine überrascht. „Das ist etwas ganz Neues."

„Ich habe mir gedacht, dass du das sagst. Um ehrlich zu sein, diese ewigen Scheidungsfälle fangen an, mich zu langweilen. Deswegen bin ich auch vor einiger Zeit zu Guy Albaret gegangen." Christine wusste, dass Monsieur Albaret Staatsanwalt war. „Ich habe ihm erzählt, dass ich mit dem Gedanken spiele, mich nunmehr auf Strafrecht zu spezialisieren, und er hat mich gebeten, die Verteidigung für seinen Schwager zu übernehmen, der wegen Korruption angeklagt ist." Alexandre faltete seine Serviette sorgfältig zusammen. „Erinnerst du dich, was ich auf Mateaus Party zu dir gesagt habe?"

Christine überlegte. „Meinst du deine geheimnisvollen Andeutungen?"

Alexandre schaute sie erfreut an. „Du weißt es also noch. Ursprünglich habe ich diese Veränderung nur dir zuliebe in

Erwägung gezogen, aber nach und nach hat mich die Vorstellung immer mehr gereizt."

Ihre Kritik war also auf fruchtbaren Boden gestoßen.

„Heißt das, du wirst überhaupt keine Scheidungsfälle mehr bearbeiten?" Alexandre stand auf und gab Christine einen Kuss. „Nein, nein, mein Liebling. Sagen wir, ich erweitere nur meinen Horizont. Ich rufe dich heute Abend im Hotel an. Hoffentlich wirst du mich sehr vermissen."

Und Christine vermisste Alexandre tatsächlich. Statt die Gelegenheit zum Ausspannen wahrzunehmen, dachte sie unentwegt an ihn.

„Wenn du nicht aufhörst, jede Minute hoffnungsvoll auf die Tür zu starren, werde ich böse", erklärte Jacky, als sie am Sonntagabend in der Bar saßen.

Christine seufzte. „Ich weiß, dass es dumm von mir ist, aber ich dachte, Alexandre würde mich vielleicht überraschen."

„Hast du nicht gesagt, dass er mit einem Mandanten beschäftigt ist?" warf Jules ein. „Du benimmst dich ja, wie ein Backfisch und nicht wie eine verheiratete Frau."

„Das liegt daran, dass sie eine verliebte verheiratete Frau ist", betonte Jacky lachend. „Jedes Mal, wenn die Rede auf

Alexandre kommt, fängst du an zu strahlen. Noch nie habe ich jemanden so verliebt und glücklich gesehen. Wir freuen uns wirklich für dich."

Christine wurde blass, als ihr aufging, was Jacky da gesagt hatte. Ahnungslos hatte sie genau das ausgesprochen, was Christine schon lange wusste, aber nicht wahrhaben wollte. Sie liebte Alexandre mehr als alles andere auf der Welt! Wahrscheinlich hatte sie ihn von Anfang an geliebt, doch in ihrer Verbitterung hatte sie das Verlangen nach seinen liebevollen Zärtlichkeiten für eine rein körperliche Reaktion gehalten.

Mit einem Mal sah sie die Welt mit anderen Augen – ihre wechselnden Stimmungen, ebenso wie ihr Zögern, die Scheidung einzuleiten. Wie hatte sie nur so blind sein können!

Jetzt begriff Christine auch, dass Alexandre an Arthurs Schicksal keine Schuld traf. Arthur hatte für seine eigene Verbohrtheit büßen müssen, weil er die Augen vor Evelynes wahren Charakter verschlossen hatte. Nichts konnte ihre Zuneigung zu dem Mann vermindern, der sie großgezogen und geliebt hatte, aber sie hatte endlich eingesehen, dass er das Opfer seiner eigenen Torheit geworden war.

Auf einmal fühlte sie unendliche Erleichterung und hatte gleichzeitig das dringende Bedürfnis, Alexandre die Wahrheit zu gestehen. Möglicherweise würde er ihr nicht verzeihen, aber dieses Risiko musste sie in Kauf nehmen, um seine Liebe zu gewinnen. Auf Lügen wollte sie eine Zukunft mit ihm nicht aufbauen.

„Ich muss sofort abreisen", eröffnete sie Jacky und Jules aufgeregt. In diesem Moment war ihr gleich, was die Verwandten von ihr dachten.

„Aber du wolltest doch noch bis Mittwoch bleiben", wandte Jacky vorwurfsvoll ein.

„Ich weiß, aber ich habe eben eine wunderbare Entdeckung gemacht und muss es Alexandre sagen. Dafür bist du verantwortlich, Jacky."

„Wieso?"

„Weil du mir die Augen geöffnet hast. Ich weiß jetzt, dass ich Alexandre über alles liebe. Ich kann es kaum erwarten, es ihm mitzuteilen." Die Mauvesins blickten Christine verständnislos an, aber Christine war bereits aufgestanden.

„Ich werde euch alles ein andermal erzählen, aber jetzt muss ich zuerst mit Alexandre sprechen."

Eine Stunde später befand sie sich bereits auf der Heimfahrt. Sie hatte Glück und es herrschte wenig Verkehr.

Obwohl sie sonst eine umsichtige Fahrerin war, ignorierte sie diesmal die Geschwindigkeitsbegrenzung und fuhr die ganze Strecke mit überhöhtem Tempo.

Es war schon Mitternacht durch, als Christine in die Tiefgarage einbog. In diesem Augenblick sah sie Alexandre herauskommen. Doch er war nicht allein. Er wurde von einer attraktiven Blondine begleitet, und Christine beobachtete entsetzt, wie Alexandre der unbekannten Frau über die Wange strich. Obwohl ihr Herz zum Zerspringen hämmerte, reagierte sie sofort. Ohne einen Augenblick abzuwarten, fuhr sie weiter, und stellte den Wagen ganz hinten in einer Parkbucht ab. Hoffentlich hatte Alexandre sie nicht bemerkt. Doch wie sollte er? Er hatte nur für seine attraktive Begleiterin Augen.

Christine hatte plötzlich das Gefühl, keine Luft mehr zu bekommen. Seine Reise nach Brüssel und die Nächte, als er angeblich geschäftlich unterwegs war, fielen ihr wieder ein. Sie hatte fest geglaubt, er wäre ihr treu gewesen, hatte sich sogar eingeredet, er empfinde etwas für sie. Noch lange, nachdem Alexandres roter Porsche in der Dunkelheit verschwunden war, saß Christine bewegungslos hinter dem Steuer.

Als sie sich wieder ein wenig gefangen hatte, fuhr sie nach oben in die Wohnung und packte ihre Sachen. Christine nahm nur das mit, was sie mit in die Ehe gebracht hatte. Dann trug sie die Koffer zum Wagen und lud sie ein.

Am allerliebsten wäre sie sofort abgefahren. Sie wollte Alexandre nie mehr wieder sehen, nicht mehr mit ihm sprechen, aber ihr Stolz ließ es nicht zu. So kehrte sie in die Wohnung zurück, wusch sich das verweinte Gesicht und wartete auf ihren Mann.

Christine hatte sich kaum hingesetzt, als sie seine Schritte auf dem  Korridor hörte. Sie musste sich zwingen, nicht aufzuspringen und davonzulaufen.

Eins musste man ihm lassen – er verstellte sich perfekt. Hätte er vorhin nicht selbst den Beweis für seinen Seitensprung geliefert, hätte sie geglaubt, er freue sich wirklich, sie zu sehen. Sie biss sich auf die Lippen, um ihm nicht mit wütenden Anschuldigungen zu verraten, dass sie über sein Verhältnis Bescheid wusste. Vorher wollte sie noch ein wenig Katz und Maus mit ihm spielen, so wie er es mit seinen Opfern im Gerichtssaal tat.

„Christine!" Alexandre kam schnellen Schrittes auf sie zu. „Warum bist du denn schon wieder da? Ist alles in Ordnung?"

Irgendwie brachte sie ein Lächeln zustande. „Ich habe dich so sehr vermisst, dass ich es einfach nicht mehr ohne dich ausgehalten habe. Habe ich dir auch gefehlt?"

„Mehr, als du dir vorstellen kannst." Alexandre wollte Christine an sich ziehen, aber sie lehnte sich zurück und schaute auf die Uhr.

„Das muss ja eine anstrengende Sitzung mit deinem Mandanten gewesen sein. Es ist schon beinahe drei Uhr nachts."

Alexandre wirkte mit einem Mal nicht mehr so selbstsicher.

„Wir haben bis um zehn im Büro gesessen, und dann habe ich ihn zum Essen ins *Mona Lisa* eingeladen." Christine kannte das Restaurant. „Du weißt doch, wie lustig es dort immer zugeht", fuhr Alexandre fort. „Ich dachte, es würde ihn ein wenig von seinen Problemen ablenken."

„Hat das *Mona Lisa* nicht heute geschlossen?" erkundigte sie sich unschuldig.

Alexandre stutzte. „Natürlich, das habe ich jetzt verwechselt. Wir waren nicht im *Mona Lisa*, sondern im *Ibiza Club*."

„Die beiden Restaurants sind einander überhaupt nicht ähnlich", tadelte sie. „Wie konntest du so irren?"

„Wahrscheinlich bin ich übermüdet", entschuldigte er sich.

„Aber nicht von der Arbeit!" schrie sie ihn an. „Ich habe nämlich gesehen, wie du vor knapp zwei Stunden mit deiner Freundin aus dem Aufzug kamst."

Alexandre holte hörbar tief Luft, doch merkwürdigerweise, schien er kein schlechtes Gewissen zu haben. Ganz im Gegenteil. Augenblicklich hatte er sich vom Angeklagten in den Ankläger verwandelt. „Bist du deswegen eher zurückgekommen? Damit du mich bespitzeln kannst?"

Bis zu diesem Moment hatte Christine fest vorgehabt, ihm nicht die Wahrheit zu sagen. Jetzt, wo sie Alexandre mit der anderen ertappt hatte, brauchte sie nur die betrogene Ehefrau zu spielen, und alles weitere würde vor Gericht geregelt werden. Plötzlich jedoch verspürte sie das Bedürfnis, ihm weh zu tun.

„Wie klug du bist", höhnte sie. „Ich wusste von Anfang an, dass du einer Frau nicht treu sein kannst. Also musste ich nur in Ruhe abwarten, bist du mir einen Scheidungsgrund lieferst."

Seine Verblüffung war nicht gespielt. „Heißt das, du hast einen Grund gesucht? Du hast mich nur geheiratet, um dich von mir scheiden zu lassen?"

„Ja."

„Aber warum denn um Himmelswillen?"

„Weil Arthur de Tourcy – Evelyne de Tourcys Ehemann, falls du dich erinnerst – mein Stiefvater war." Alexandre verzog keine Miene, aber Christine ließ sich nicht beirren. „Ich saß an dem Tag im Gerichtssaal, als du sein Leben zerstört hast. Ich habe miterlebt, wie du ihn zum Gespött der Leute machtest. Aber das war dir ja nicht genug, nicht wahr? Du hast auch noch dafür gesorgt, dass Evelyne ihre Anteile an seinen Erzrivalen verkauft. Willst du es etwa leugnen?"

„Nein", antwortete Alexandre kurz.

„Ich weiß nicht, wie du nachts ruhig schlafen kannst in dem Bewusstsein, dass du einen Mann auf dem Gewissen hast. Ohne dich hätte Arthur vielleicht nie einen Gehirnschlag erlitten." „Du musst mich wirklich hassen", stellte Alexandre fest. „Ja, ich hasse dich", log Christine. „Heute Nacht hast du mir die Waffe in die Hand gegeben, nach der ich seit langem suche. Ich werde die Scheidung einreichen und dich auf die größte Abfindung verklagen, die die Côte d'Azur je gesehen hat."

„Ich werde alles abstreiten."

„Keine Sorge, ich kann auch andere Gründe anführen."

„Zum Beispiel?"

„Da wäre einmal seelische Grausamkeit. Außerdem habe ich meinem Arzt die blauen Flecken gezeigt, die ich davongetragen habe, als du mich mit Gewalt nehmen wolltest."

Alexandre starrte sie fassungslos an. „Ich habe nie Hand an dich gelegt."

„Ich bin beim Fensterputzen von der Leiter gefallen", gestand sie, „aber die blauen Flecken kamen mir gerade recht."

„Du berechnendes Luder!"

„Stell dir vor, was die Zeitungen daraus machen werden: *Staranwalt wird von der gleichen Sorte Frau ausgenommen, die er immer verteidigt hat.*" Sie stand auf. „Leb wohl. Wir sehen uns vor Gericht wieder."

„Diese Genugtuung wirst du nicht bekommen. Wir werden uns außergerichtlich einigen. Du kannst alles haben, was ich besitze, aber ich will dich nicht wieder sehen." Alexandre stand auf und kam auf sie zu.

Einen Moment befürchtete Christine, er werde sie schlagen. Und als er sie an den Händen packte und aus der Wohnung schmiss, brachte sie zu ihrem eigenen Entsetzen keinen Laut heraus. Schluchzend saß sie auf dem mit Marmor ausgelegten Boden des Korridors und starrte ihren Mann an. Dieser schloss, als er sein Werk vollendet hatte, mit abgewandtem Gesicht die Wohnungstür, als könne er ihren Anblick nicht ertragen.

## 11. KAPITEL

Nach der Trennung von Alexandre hatte Christine zunächst mit dem Gedanken gespielt, in eine andere Stadt zu ziehen, wo sie nichts an ihn erinnern würde. Doch sie hing sehr an ihrer Arbeit, und als ihr bald darauf die Teilhaberschaft angeboten wurde, entschied sie sich zu bleiben. Allerdings bat sie einen ihrer Kollegen, die Fertigstellung von Alexandres Haus zu überwachen.

Da Christine ihre Ehe mit der Absicht eingegangen war, sich bald wieder scheiden zu lassen, hatte sie ihre Wohnung behalten. Die Frau des Concierge hatte regelmäßig saubergemacht und gelüftet, und als Christine ihre Kleider wieder in den Schrank gehängt hatte, kam es ihr vor, als sei sie nie fort gewesen. Nur, wenn sie nachts schlaflos im Bett lag, gestand sie sich ein, dass sie nicht mehr dieselbe Frau war, die früher hier gewohnt hatte.

Ihre Drohung, Alexandre zu verklagen, hatte sie natürlich nicht ernst gemeint, denn für Arthurs Blindheit gegenüber

Evelyne, konnte Christine Alexandre nicht verantwortlich machen. Sie hasste und verachtete ihn aber immer noch wegen der Rolle, die er beim Verkauf der Firmenanteile gespielt hatte, doch mit einer finanziellen Abfindung war das sowieso nicht Widergutzumachen. Außerdem würde sie sich auf keinen Fall für ihre enttäuschte Liebe bezahlen lassen.

Wenngleich alle Freunde und Bekannte Christine für verrückt erklärten, wies sie ihre Anwältin an, auf Unterhalt zu verzichten. Alexandre für seine Untreue zur Kasse zu bitten, würde sie auf die gleiche Stufe mit den Frauen stellen, die er sonst vor Gericht vertrat.

Christine fragte sich oft, was Alexandre von ihrem plötzlichen Meinungsumschwung hielt, aber sie hörte nicht einmal Gerüchte über ihn.

Aus Tagen wurden Wochen, aus Wochen Monate. Allmählich begann Christine wieder, mit anderen Männern auszugehen, doch erst jetzt begriff sie, wie tief ihre Liebe zu Alexandre ist. Niemals wieder würde sie bei jemand anderem so viel Lebensfreude finden, soviel Aufregung, Zufriedenheit und Heiterkeit.

Um ihren Mann zu vergessen, stürzte sich Christine in die Arbeit.

Ihr Terminkalender war auf Wochen hinaus ausgebucht, und sie nahm so viele Aufträge in anderen Städten an, dass ihre Partner sie wegen ihrer vielen Reisen neckten. Trotzdem betrachteten sie mit Sorge, wie sie immer dünner wurde.

Eines Morgens betrat der Seniorpartner Laurent Lefebvre ihr Büro. „Höchste Zeit, dass Sie einmal einen ausgedehnten Urlaub machen", meinte er. „Nur Arbeit und kein Vergnügen ist der sicherste Weg zu einem Nervenzusammenbruch. Ich weiß, dass Sie eine schwierige Zeit durchmachen, Christine, aber sie sollten auch an ihre Gesundheit denken. Warum machen Sie nicht ein oder zwei Monate Urlaub? Neue Gesichter zu sehen, wird Ihnen bestimmt gut tun."

Christine legte die Blaupause aus der Hand. Sie wusste, dass sie Laurents Ratschlag nicht einfach außer Acht lassen konnte. „Es ist lieb, dass Sie sich Sorgen um mich machen, Laurent. Sobald ich geschieden bin, werde ich wegfahren, das verspreche ich. Aber vorher könnte ich mich, sowieso nicht entspannen."

„Na gut", gab er nach. „Doch bis dahin sollten Sie unbedingt etwas kürzer treten. Das heißt, keine Akten in ihrer Tasche, wenn Sie abends nach Hause gehen, damit es nicht allzu schwer fällt, fangen wir heute schon damit an. Meine Frau und ich möchten Sie nämlich gerne zum Segeln mitnehmen. Ich hoffe, Sie haben Interesse?"

Christine freute sich sehr über die Einladung. „Danke, ich komme gerne mit."

„Dann holen wir sie am Samstag Abend ab", sagte Laurent. „Véronique ruft Sie noch wegen der genauen Uhrzeit an."

Bis zu ihrem nächsten Termin blieb ihr noch eine gute halbe Stunde, und obwohl sie überhaupt keinen Appetit verspürte, zwang sie sich, ein Croissant zu essen.

Immer wieder ertappte sie sich bei dem Gedanken, was Alexandre wohl machte. Obwohl sie regelmäßig die Klatschspalten nach Neuigkeiten über ihn absuchte, las sie nur sehr selten etwas über ihren Mann. Seinen ersten Strafrechtsfall hatte er nach einem außergewöhnlich brillanten Plädoyer, das sogar in überregionalen Nachrichtenmagazinen lobend erwähnt wurde, gewonnen. Sein Privatleben blieb jedoch für Christine ein Geheimnis. Auch sein Umzug ins neue Haus hatte ohne die erwartete Publicity stattgefunden. Christine hatte rein zufällig durch die Mateaus davon erfahren, mit denen sie nach wie vor befreundet war. Auch diesen Abend würde sie mit ihnen essen. Allerdings hatte sie sich vorher vergewissert, dass Alexandre nicht anwesend sein würde.

Das Summen der Sprechanlage unterbrach ihre Gedanken.

„Monsieur Raymond ist hier", sagte Claire, Christines Sekretärin.

Christine stand auf, um den Besucher zu begrüßen. Der Mann im eleganten, dunklen Maßanzug war groß und kräftig, und sein schneeweißes Haar war streng gescheitelt. Auf den ersten Blick hätte Christine ihn für höchsten fünfundfünfzig gehalten. Erst als sie genauer hinsah, entdeckte sie seine Falten. Dieser Mann war schon weit über sechzig. „Guten Tag, Monsieur Raymond. Bitte nehmen Sie doch Platz." Christine wies auf einen Sessel und setzte sich ihm gegenüber.

„Sie wollten mich wegen der Umwandlung von Häusern in Eigentumswohnungen sprechen?"

„Das ist richtig." Monsieur Raymond hatte eine angenehme Stimme. „Seit Jahren betreibe ich es als Nebenbeschäftigung, aber nun möchte ich es professionell ausüben. Ich hoffe, Sie sind nicht zu beschäftigt."

Obwohl Christine mehr als genug um die Ohren hatte, schüttelte sie den Kopf. Sie fand den Mann sympathisch.

„Ich nehme an, Sie haben sich schon spezielle Objekte angesehen, die für ihr Vorhaben in Betracht kommen?"

„Insgesamt sechs. Vier sind auf alle Fälle geeignet, aber von den anderen würde ich sehr gern ihre fachliche Meinung hören."

„Das wird sicher einen Tag in Anspruch nehmen." Christine blätterte in ihrem Terminkalender. „Am Donnerstag hätte ich Zeit."

Monsieur Raymond seufzte. „O je, bis dahin bin ich schon wieder fort. Ich wohne nämlich nicht hier und hatte im Stillen gehofft, meinen Anwälten, die Kaufverträge noch vor meiner Abreise zur Ausarbeitung übergeben zu können."

„Hmm." Christine überlegte. „Vielleicht kann ich einige andere Termine verschieben. Einen Augenblick, bitte." Sie sprach kurz mit ihrer Sekretärin.

„Wie viele Umwandlungen haben Sie denn schon gemacht?" fragte Christine Monsieur Raymond.

„Sehr viele."

„Dann sind Sie also nicht mehr als Amateur zu betrachten. Wie sind sie denn nach Saint Tropez gekommen?"

„Ich habe einen Sohn hier, den ich dann öfter sehen könnte. Wenn sich das Geschäft gut anlässt, werde ich vielleicht mit dem Gedanken spielen, hierher zu ziehen."

Claire steckte den Kopf zur Tür hinein. „Ich habe ihre Termine für morgen alle auf Ende der Woche verlegt."

„Gut gemacht", lobte Christine anerkennend und sah Monsieur Raymond an.

„Wenn wir uns sechs Gebäude ansehen wollen, sollten wir morgen anfangen."

„Heute ginge es nicht mehr?"

„Beim besten Willen nicht. Wie wäre es mit neun Uhr, morgen früh? Sagen Sie mir nur, wo wir uns treffen wollen."


Den Rest des Tages verbrachte Christine mit einem Konsortium, das einen Golfplatz bauen wollte, und als sie endlich nach Hause kam, fühlte sie sich völlig ausgelaugt. Am liebsten hätte sie sich sofort aufs Bett geschmissen, doch die Einladung bei den Mateaus konnte sie nicht gut absagen.

Eine kalte Dusche weckte ihre Lebensgeister wieder, und Christine stellte überrascht fest, dass sie sich sogar darauf freute, wieder einmal unter Menschen zu kommen.

Es stelle sich heraus, dass Christine viele Gäste kannte. Nur als sie plötzlich Henri de Maintenon in einer Ecke entdeckte, zögerte sie. Er aber begrüßte sie überschwänglich.

„Christine, wir haben uns ja eine Ewigkeit nicht mehr gesehen. Du bist schöner denn je."

„Du hast dich auch gut gehalten." Sie bemerkte, dass er immer wieder zu einer jungen Brünetten hinübersah, die sich angeregt mit Vanessa unterhielt. „Ist das deine neue Freundin?" fragte Christine.

Er nickte stolz. „Sie ist Biologin. Wir haben uns sehr gern, aber mit dem Heiraten wollen wir noch warten, bis wir wirklich sicher sind, dass wir miteinander harmonieren und zueinander passen. Jetzt aber genug von mir", sagte er, und nahm zwei Gläser Champagner von einem Tablett. „Erzähl mir, wie es dir geht.

„Ich bin jetzt Teilhaberin bei Lefebvre."

Henri pfiff anerkennend. „Gratuliere! Aber eigentlich wollte ich wissen, wie es dir persönlich geht? Gibt es denn gar keine Möglichkeit, dass du dich wieder mit Alexandre versöhnst? Wegen einer Kleinigkeit lässt man sich doch nicht gleich scheiden."

„Es handelte sich auch nicht um eine Bagatelle", antwortete Christine ruhig. „Aber wenn ein Ehemann bereits nach einem halben Jahr, mit einer anderen Frau..."

Henri machte ein betretenes Gesicht. „Bestimmt gibt es eine ganz einfache Erklärung dafür."

„Hat er dir eine gegeben?"

„Er weigert sich, darüber zu sprechen, aber..."

„Ich auch", sagte Christine blitzschnell. „Je schneller wir ein Ende machen, desto besser für uns alle."

Den Tränen nahe, verschwand Christine im Badezimmer. Am liebsten wäre sie sofort nach Hause gefahren, aber sie war entschlossen genug, den Abend durchzustehen.

Vanessa war ihr gefolgt. „Hat Henri wieder seine mitfühlende Seite herausgekehrt?"

Christine tupfte die Tränen fort. „Er meint es ja gut, ich bin gleich wieder in Ordnung."

Vanessa strich ihr beruhigend und mitfühlend über den Arm. „Lass dir nur Zeit. Das Essen kann auch noch warten."

Christine schüttelte den Kopf. „Dann würde es nicht mehr schmecken. Pastete ist so ziemlich das einzige, was auf die Minute serviert werden muss."

„Ach, was! Heute Abend sind keine Gourmets da. Ich werde einfach sagen, dass es sich um eine neue Kreation handelt." Christine musste lachen, und nachdem sie ihr Make-up erneuert hatte, kehrte sie mit Vanessa zu den anderen zurück.

Als Christine weit nach Mitternacht nach Hause zurückkehrte, war sie munter und guter Dinge, doch kaum lag sie im Bett, überfielen sie die Erinnerungen an Alexandre und die zärtlichen Stunden mit ihm. Sie fühlte sich einsam und verlassen. Verzweifelt vergrub sie den Kopf im Kissen. Würde das denn nie aufhören?

Sie schlief schlecht und wäre am nächsten Morgen beinahe zu spät zu ihrem Termin mit Monsieur Raymond gekommen. Ein kurzer Rundgang durch das Haus, bestätigte ihre Vermutung, dass das Gebäude für eine Umwandlung keinesfalls geeignet war. Die nächsten fünf befanden sich in einem besserem Zustand, und sie verbrachten den Tag damit, jedes genau zu untersuchen. Als sie wieder in Christines Wagen stiegen, war es schon nach vier.

„Sie werden sehr viel Arbeit damit haben", meinte Monsieur Raymond. „Was halten sie davon, wenn ich Sie über ihr Honorar hinaus prozentual am Verkaufserlös beteilige?"

Christine freute sich über den Vorschlag, doch sie schüttelte den Kopf. „Das ist äußerst großzügig von Ihnen, Monsieur Raymond, aber ich kann es nicht annehmen."

„Warum denn nicht?"

„Weil ... Sagen wir einfach, ich führe jeden meiner Aufträge gewissenhaft aus, ohne dass ich mich zusätzlich dafür bezahlen lasse."

„Ich möchte es aber gern."

„Vielen Dank, das ist sehr lieb von Ihnen, aber ich ändere meine Meinung nie."

„Sind Sie immer so standhaft?"

„Nur, wenn es um meine ethischen Überzeugungen geht." Christine lächelte. „Entschuldigen Sie, ich wollte nicht wie ein Moralapostel klingen."

„Seien Sie beruhigt, sie klingen nicht so. Würden sie eine Einladung zum Abendessen auch als Bestechung empfinden?" „Bestimmt nicht", sagte Christine fröhlich. „Ich bin nämlich dem Verhungern nahe. Gleich um die Ecke kenne ich ein kleines, gemütliches Restaurant..."

„Das heben wir uns für ein andermal auf", unterbrach Monsieur Raymond. „Heute gehen wir ins Hotel Negresco und vorher auf einen Drink in eine kleine beschauliche Bar, die ich gestern entdeckt hatte. Ich hoffe nur, dass Sie sich nicht langweilen werden."

„Aber warum sollte ich denn?" fragte Christine erstaunt.

„Vielleicht würden Sie lieber mit einem jungen Mann ausgehen, als mit so einem Schreckgespenst wie mir."

„Ich gehe zur Zeit überhaupt nicht aus", gestand sie. „Ich lebe gerade in Scheidung."

In der kleinen Bar am Fischereihafen bestellte Monsieur Raymond eine Flasche Champagner, um mit Christine den Beginn ihrer Zusammenarbeit zu feiern.

„Vielleicht sollten Sie damit lieber warten, bis alles fertig ist", meinte Christine trocken. „Umbauten haben es manchmal in sich. Völlig gleich, wie sorgfältig man plant, auf unangenehme Überraschungen muss man immer gefasst sein."

„Das ist wohl in der Ehe genauso", sagte Monsieur Raymond nachdenklich. „Trotz bester Absichten geht es manchmal daneben."

„Das klingt, als sprechen Sie aus Erfahrung."

„Ja. Ich habe nach der Trennung von meiner Frau Jahre gebraucht, um mein inneres Gleichgewicht wieder zu finden."

„So lange wird es bei mir nicht dauern", entgegnete Christine heftig.

„Bitte, halten sie mich nicht für neugierig", sagte Monsieur Raymond zögernd, „aber warum ist Ihre Ehe gescheitert? Sie machen auf mich den Eindruck, als wären Sie eine junge, dynamische, kluge, und vor allem eine warmherzige Frau, die ..."

„Zu einer Ehe gehören immer zwei, und wir machen eben alle Fehler", erklärte Christine unbewegt und trank ihr Glas aus.

Im vollbesetzten Restaurant des Negresco Hotels wurden sie an einen großen Tisch geführt. War Monsieur Raymonds Sohn etwa eine berühmte Persönlichkeit in der Filmbranche? Auf Christines diesbezügliche Frage schüttelte Monsieur Raymond den Kopf. „Nein, er ist Anwalt."

Christine fiel vor lauter Schreck das Glas aus der Hand.

„Stimmt etwas nicht?" erkundigte sich Monsieur Raymond

„Nein, nein. Es ist nur ... Mein Mann ist auch Anwalt."

„Ich weiß!"

„Wie bitte?"

„Meine Liebe, ich muss Ihnen etwas gestehen. Ich bin der Vater von Alexandre. Mein Name ist Rochefort. Raymond ist der Mädchenname meiner verstorbenen Frau. Alexandre ist mein Sohn."

Zorn stieg in Christine hoch. „Hat er Sie etwa geschickt?"

„Nein, im Gegenteil, er wäre wütend, wenn er es wüsste."

Christine stand auf. „Wir haben uns nichts mehr zu sagen."

„Hinsetzen, Mädchen!" bat Alexandres Vater. „Ich bitte Sie nur, mich zehn Minuten lang anzuhören. Wenn Sie dann immer noch

gehen wollen, werde ich Sie nicht zurückhalten."

Christine setzte sich wieder hin.

„Es tut mir schrecklich leid, dass ich zu diesem Trick gegriffen habe, um meine Schwiegertochter kennen zu lernen", entschuldigte sich Monsieur de Rochefort. „aber mir ist keine andere Möglichkeit eingefallen."

„Warum haben Sie nicht einfach angerufen und um ein Treffen gebeten?"

„Wären Sie denn einverstanden gewesen?" fragte Monsieur de Rochefort und schaute ihr in die Augen. Christine wurde verlegen. „Sehen Sie, das habe ich mir gedacht. In einem habe ich Sie allerdings nicht angeschwindelt. Ich bin wirklich auf dem Immobiliensektor tätig und hoffe, dass Sie für mich arbeiten werden"

Christine schüttelte den Kopf. „Das geht nicht. Es würde zu viele schmerzliche Erinnerungen wachrufen."

„Dann haben Sie Alexandre also noch gern?"

„Das habe ich damit nicht gemeint. Ich finde nur, es ist immer schmerzlich, wenn man mit etwas scheitert."

„Dann überrascht es mich, dass Sie nicht für die Erhaltung ihrer Ehe gekämpft haben."

Christine dachte tief betrübt an die junge Frau, die mit Alexandre aus dem Aufzug gestiegen war, und griff nach ihrer Handtasche. „Ich glaube, wir verschwenden beide unsere kostbare Zeit."

„Sie haben versprochen, mich anzuhören. Ich kämpfe um das Glück meines einzigen Sohnes, Christine, und auch, wenn ich nichts bewirke, will ich es wenigstens versucht haben."

„Kennen Sie denn überhaupt die ganze Geschichte?"

„Ich kann verstehen, warum Sie meinen Sohn verlassen haben, aber..."

„Das ist noch längst nicht alles."

Stockend erzählte Christine von ihrem Stiefvater und von Evelyne, und warum sie beschlossen hatte, es Alexandre heimzuzahlen. Sie verschwieg auch nicht, warum er sie geheiratet hatte."

„Etwas Dümmeres habe ich noch nie gehört! Sex und Rache. Am liebsten würde ich euch alle zwei übers Knie legen."

Christine senkte den Kopf. „Wir haben beide einen Fehler gemacht, und jetzt bezahlen wir dafür."

„Mein Alexandre bestimmt. Ich habe ihn noch nie so unglücklich gesehen. Ich weiß nicht, ob es Liebe ist, denn er weigert sich vehement darüber zu sprechen, aber über eines besteht kein Zweifel: Sie bedeuten ihm mehr, als jede andere Frau, mit der er bisher zusammen war."

„Es würde mir leichter fallen, das zu glauben, wenn er mich nicht betrogen hätte", erwiderte Christine bitter. „Ich kann ihm aber zugute halten, dass er es nicht geleugnet hat."

„Das ist doch zumindest ein Pluspunkt für Alexandre und mehr, als Sie von sich behaupten können. Sie haben ihn schließlich von Anfang an belogen."

Christine wusste, dass Monsieur de Rochefort Recht hatte. „Es war ein schrecklicher Fehler, Alexandre zu heiraten", gestand Christine. „Deswegen will ich ja ein Ende machen. Außerdem kann ich nicht mit einem Mann leben, der nicht treu ist, und mich mit jeder x- beliebigen Schlampe betrügt."

„Dann haben Sie ihn also doch gern."

„Ja! Trotzdem bin ich entschlossen, mich scheiden zu lassen."

„Vielleicht denken Sie jetzt so darüber, aber wie wird es später aussehen, in einem oder zwei Jahren? Werden Sie ihren Schritt dann nicht bereuen?"

„Ich werde meine Meinung nicht ändern."

„Dann tun Sie mir leid. Solche Bitter- und Starrköpfigkeit wird Ihnen nur das Leben zur Hölle machen. Ich spreche aus eigener Erfahrung, und im Gegensatz zu Ihnen, konnte ich nichts tun, um meine Ehe zu retten. Sie haben die Chance, also nehmen Sie sie wahr."

„Wie meinen Sie das?"

„Gehen Sie zu Alexandre, und gestehen Sie ihm, dass sie ebensoviel Schuld trifft wie ihn."

„Das kann ich nicht, völlig zwecklos."

„Warum denn nicht? Schließlich ist es die Wahrheit. Mein Sohn ist mit ehrlichen Absichten diese Ehe eingegangen. Das ist viel mehr, als Sie von sich behaupten können."

Christine senkte beschämt den Kopf.

„Eins sollen Sie wissen", fuhr Monsieur de Rochefort fort, „ich werde alles, was in meiner Macht steht tun, um das Glück meines Sohnes zu retten."

„Und warum glauben sie, dass er es bei mir finden könnte?"

„Weil er Sie geheiratet hat. Ganz gleich, welche Gründe Alexandre dafür anführt, ich bin sicher, dass es aus tiefster Zuneigung geschah. Wenn Sie anderer Meinung sind, ist es wohl wirklich am ratsamsten, dass Sie sich scheiden lassen und wieder von vorn anfangen."

Wenn das so einfach wäre! Seit der Trennung war Christine mehr als einmal schmerzlich bewusst geworden, dass ihre Gefühle für Alexandre den Rest ihres Lebens bestimmen und lenken würden. Warum sollte sie also nicht ihren Stolz überwinden und versuchen, ihre Ehe zu retten?

„Na gut", sagte Christine leise. „Sie haben gewonnen. Ich werde zu ihm gehen."

„Dem Himmel sei Dank! Dann los, Mädchen, beeilen Sie sich. Worauf warten Sie denn noch?"

„Aber doch nicht Heute", protestierte Christine. „Ich brauche mehr Zeit. Außerdem ist er möglicherweise gar nicht zu Hause."

„Doch, das ist er. Wir sind nämlich zum Essen verabredet, aber ich überlasse Ihnen liebend gern meine Einladung, und werde mich stattdessen hier den kulinarischen Genüssen hingeben."

Langsam begann Christine zu begreifen. „Dann haben Sie es also von Anfang an so geplant."

„Sagen wir, ich habe mir gewisse, berechtigte Hoffnungen gemacht. Jetzt haben wir aber genug geplaudert. Fahren sie zu ihm hin!"

Christine war schon an der Tür, als Alexandres Vater ihr nach rief: „Er ist übrigens nicht im neuen Haus, sondern in seiner Wohnung!"

Auf der Fahrt dorthin, dachte Christine öfter daran, einfach umzukehren.

Doch die Aussicht auf eine Zukunft ohne Alexandre ließ sie erschauern. Wenn Alexandre sie wirklich gern hatte, gab es vielleicht eine Chance, es beim zweiten Mal besser zu machen. Dieser Gedanke hielt sie aufrecht, als sie zum obersten Stockwerk fuhr und an seiner Tür läutete.

Von drinnen hörte sie seine tiefe Stimme antworten: „Ich komme schon."

Dann wurde die Tür aufgerissen, und Alexandre stand Christine gegenüber. Wie mager er geworden war! Christine spürte plötzlich das Verlangen, ihn in die Arme zu nehmen und wie ein Kind hin und her zu wiegen.

„Ich liebe dich", gestand Christine ohne Einleitung. „Das habe ich wohl von Anfang an getan."

Alexandre schüttelte den Kopf, als traue er seinen Ohren nicht. „An dem Abend, als du mich verlassen hast, klang es aber ganz anders", stellte er fest. Sein Tonfall war der eines höflichen Fremden.

„Ich war zornig und wollte dir wehtun."

„Und jetzt  bist du das nicht mehr?"

„Das habe ich nicht gesagt. Ich habe nur inzwischen eingesehen, dass ich mir damit noch mehr Schmerzen zugefügt habe." Sie schwieg einen Moment lang, um ihre Gedanken zu ordnen. „Ich ... erst jetzt weiß ich, was ich für dich empfinde, aber ich habe noch immer keine Ahnung, was du eigentlich für mich fühlst."

„Im Augenblick habe ich das Gefühl, ich sollte die Tür schnell wieder schließen."

Christine sah Alexandre schockiert an und wollte sich zum Gehen wenden, als sie sah, dass seine Hand auf der Klinke zitterte. „Und warum tust du es nicht?"

„Weil ich gut erzogen und ... ja, das ist es hauptsächlich, neugierig bin." Er drehte sich auf dem Absatz um und ging ins Wohnzimmer voraus.

In seiner Wohnung hatte sich nichts verändert, und Christine hatte einen Moment das Gefühl, als wäre sie nie fort gewesen.

„Nun?" fragte Alexandre. „Was hat denn deine plötzliche Sinneswandlung bewirkt?"

„Ich habe mit deinem Vater gesprochen", antwortete sie einfach.

Alexandre stieß hörbar einen Fluch aus.

„Du darfst ihm keine Vorwürfe machen. Er wollte mich kennen lernen, und kam als Klient zu mir ins Büro."

„So ist das also. Und was hat er zu dir gesagt?"

„Er hat mich davon überzeugt, dass mich ebenso viel Schuld trifft wie dich."

„Du meinst, an meiner Untreue."

Christine hatte Mühe zu antworten. „Ja."

„Und daher kommt deine Bereitschaft, mir zu verzeihen?"

„Ich finde, wir sollten uns gegenseitig vergeben."

Christine ging einen Schritt auf ihren Mann zu, doch Alexandre wich unmerklich zurück. Erst da fragte sie sich, ob Monsieur de Rochefort sich geirrt hatte.

„Es... es tut mir wahnsinnig leid, dass ich gekommen bin. Vielleicht war es doch keine so gute Idee."

Christine war schon beinahe an der Tür, als er antwortete:

„Hauptsächlich geht es darum, ob du Yvonne vergessen kannst."

So hieß dieses Luder also! Christine ballte die Fäuste, bis die Nägel ihr ins Fleisch schnitten. „Ja", sagte sie leise und dann noch einmal: „Ja, das kann ich. Aber du musst mir dabei helfen, Alexandre. Ich möchte nicht wieder das Gefühl haben, dass du mich zwar körperlich begehrst, aber sonst nichts für mich empfindest. Wenn du glaubst, dass du dich auch in Zukunft nicht in mich verlieben kannst, ist es am besten, wir ziehen einen Schlussstrich und trennen uns endgültig."

Es schien eine Ewigkeit zu dauern, bis er schließlich antwortete: „Es steht außer Frage, dass ich mich in dich verliebe."

Christine hatte das Gefühl, den Boden unter den Füßen zu verlieren. Der Raum verschwand vor ihren Augen, und sie musste sich festhalten, um nicht das Gleichgewicht zu verlieren. „Danke für deine Ehrlichkeit, Alexandre", brachte sie mühsam heraus. Blind vor Tränen stürzte sie auf den Korridor hinaus, doch plötzlich stand Alexandre vor ihr und versperrte ihr den Weg.

„Du hast mich falsch verstanden, Christine. Wie soll ich mich nur in dich verlieben? Ich habe es schon bei unserer ersten Begegnung im Gerichtssaal, vor über zwei Jahren, getan. Und als ich dich dann unverhofft, als Architektin wieder traf, wusste ich, dass wir füreinander bestimmt sind."

Sie sah ihn fassungslos an.

„Ja, ich wusste, wer du warst, und ich habe auch mit der Zeit deinen heimtückischen Plan durchschaut, aber dennoch kann ich dich verstehen. Ich liebe dich mehr, als du dir jemals vorstellen kannst, Christine."

Er stockte einen Moment lang, und tupfte ihr mit einem Taschentuch die Tränen vom Gesicht.

„Ich habe miterlebt, was die Liebe meinem Vater angetan hat", begann er von neuem, „und schwor, dass es mir nie so ergehen würde. Dann aber sah ich dich, und du machtest meine guten Vorsätze zunichte. Ich wollte es nur nicht zugeben, sondern habe mir eingeredet, dass mein Verlangen nach dir rein körperlich sei." Er lachte auf. „Da kannst du einmal sehen, wie dumm ich gewesen bin. Mich aus dem Schlafzimmer zu verbannen, war wohl Teil deines Plans?"

Christine nickte beschämt. „Ich wünschte, ich könnte die Vergangenheit vergessen machen."

„Ich nicht", antwortete Alexandre schnell. Du musstest mich wohl verlassen, damit ich mir meine Gefühle eingestand."

Christine aber dachte an Yvonne und fragte sich, wie sehr sie diesen Gefühlen trauen konnte. Auch diesmal hatte Alexandre ihre Gedanken gelesen.

„Liebste", sagte er leise, „ich weiß genau, was in dir vorgeht, aber du kannst es vergessen. Von dem Tag an, als ich dich bat, mich zu heiraten, habe ich keine, ich wiederhole keine andere Frau mehr angesehen."

„Aber Yvonne..."

„Yvonne war bis vor fünf Jahren meine Partnerin. Dann ist sie zu ihrem Freund nach Narbonne gezogen. Vor einem knappen Jahr entdeckte sie, dass Nicolas drogensüchtig war und verließ ihn. An dem Abend, als du überraschend aus Saint Rémy zurückkamst, rief sie mich verzweifelt an. Nicolas hatte im Drogenrausch ihre Wohnungstür aufgebrochen und sie bedroht. In Notwehr hatte sie in mit einem Kerzenleuchter niedergeschlagen und fürchtete nun, ihn umgebracht zu haben. Ich fuhr sofort hin, stellte fest, dass er ohnmächtig war und seinen Rausch ausschlief und ließ ihn ins Krankenhaus bringen. Danach ging ich mit ihr zur Gendarmerie, um ein Protokoll aufnehmen zu lassen, und nahm sie dann mit nach Hause. Das arme Mädchen war völlig aufgelöst. Als du uns zusammen sahst, wollte ich sie gerade wieder  nach Hause bringen.

„Warum hast du das nur nicht schon früher gesagt?" flüsterte Christine. „Warum hast du mich das Schlimmste annehmen lassen?"

„Weil ich über deine Dummheit erbost war. Dass du geglaubt hast, ich könnte mit einer anderen ins Bett gehen, wo ich doch nur dich liebte. Christine, weißt du denn nicht, dass du die einzige Frau für mich bist? Ich liebe dich wahnsinnig und werde den Rest meines Lebens damit verbringen, es dir zu beweisen." Er zog sie an sich. „Vielleicht hätte ich es dir eher sagen sollen, aber ich dachte, ich hätte es dir schon auf so viele Arten gezeigt."

Christine legte ihm die Hände auf die Schultern und sah ihm ins Gesicht. „Wenn die Sache mit Yvonne so harmlos war, wie war es dann mit Evelynes Firmenanteilen?" Er schwieg, lächelte dann aber und seine strahlenden Augen verrieten ihn. „Du hast ihr nicht geraten, sie an die *Amco-International* zu verkaufen, nicht wahr?"

„Nein. Sie hat mir erst davon erzählt, als es schon passiert war. Ich wollte deinen Stiefvater geschäftlich nicht ruinieren."

„Warum hast du die Sache nicht richtig gestellt?"

„Ich wollte, dass du mir vertraust. Ebenso war ich gespannt, wie du deinen Plan umsetzen würdest."

„Beide müssen wir wohl noch sehr viel lernen."

„Das kommt mir auch so vor. Was ich für dich empfinde, spreche ich am besten auf mein Diktaphon und spiele es dir immer wieder vor." Alexandre lächelte sie an.

„Da wüsste ich andere Möglichkeiten."

„Im Augenblick fällt mir nur eine einzige ein."

„Mir auch." Sie knöpfte seine Joppe auf und legte ihrem Alexandre die Hände auf die Brust. Durch den dünnen Stoff des Hemdes konnte sie seine Wärme spüren. Ihre Hand glitt tiefer, während er den Kopf senkte und begann, sie mit leidenschaftlicher Ungeduld zu küssen. Sie presste sich an ihn, und als sie seine Erregung fühlte, wurde sie verlangend. Sie wollte ihn berühren, doch er hielt ihre Hände fest.

„Nicht so schnell", sagte Alexandre rauh. „Mir fällt gerade ein, dass Vater jeden Moment hier auftauchen muss. Ich bin mit ihm zum Essen verabredet."

„Nicht mehr Liebling. Er hat mir seine Einladung freundlicherweise überlassen und isst auswärts."

„Wunderbar! Dann kann ich dir ja von dem Fall erzählen, an dem ich gerade arbeite."

„Und ich will dir meine Pläne für einen Kindergarten zeigen!"

„Apropos Kinder, vorher haben wir noch eine Kleinigkeit zu erledigen", erklärte er und trug sie ins Schlafzimmer.

„Und die wäre?" erkundigte sich Christine unschuldig

„Dich zu lieben und noch einmal zu lieben, bis wir beide völlig erschöpft sind."

„Was für ein seltsamer Zufall! Das gleiche wollte ich dir auch gerade vorschlagen.

„Ich liebe dich!" hauchten sie sich gegenseitig bei einer Woge der Ekstase ins Ohr, als sie ihre Liebe zueinander wieder neu entdeckten.

- Ende -

Zeitfracht Medien GmbH
Ferdinand-Jühlke-Straße 7
99095 Erfurt, Deutschland
produktsicherheit@kolibri360.de